I0674266

AVIS AU LECTEUR.

IL eſt peu d'hommes qui ne croyent devoir quelque retour à Dieu ; mais chacun l'aſſigne ordinairement ſur ſa vieilleſſe : on croit être toûjours à tems à s'aſſurer de l'Eternité bien-heureuſe ; & l'on deſtine ordinairement à l'âge le plus incertain, le plus inutile, & le plus foible de la vie, le pesant fardeau de la Penitence. La prêcher à un jeune homme, c'est se tourner en ridicule dans le monde ; il semble que ce soit faire une violence publique que de vouloir dépossseder les passions de l'Empire de la jeunesse, & l'on diroit qu'elles l'ont acquis par une prescription juridique. La plûpart des jeunes gens est persuadée que ce feu qui les anime & qui agite leur sang, porte avec soy l'excuse de tous leurs dereglemens, & que la Justice de Dieu doit avoir autant d'indulgence à les souffrir, qu'ils ont de facilité à les commettre. Enfin, pour parler comme l'Ecriture, ils se font de leur force une loy de justice, & croyent que certaines années sont exceptées du compte qu'ils doivent à Dieu de leur vie : Il eſt à craindre qu'un aveuglement ſi ancien & ſi general ne finiſſe qu'avec le monde ; Cependant, à le conſiderer à la lumiere du Chriſtianiſme, il eſt bien digne de pitié ! Quel plus grand mépris peut-on faire de ſon Createur, que de ne le croire pas digne de la ferveur de nôtre jeuneſſe, de ne le pas aimer de toutes nos forces, ſelon ſon precepte, & de ne luy reſerver que les glaces de nôtre decrepitude ? Il eſt incertain ſi l'on vieillira ; Il eſt incertain ſi l'on ſe convertira en vieilliſſant ; Il eſt incertain ſi la converſion de la vieilleſſe ſera pure & ſincere, & ſi ce ne ſera point un effet naturel de toutes les terreurs qui accablent cet âge. Voilà bien des incertitudes, pour y renvoyer nôtre unique affaire ; heureux qui y travaille dés ses plus tendres années, & qui n'attend pas pour vouloir plaire à Dieu, le tems ou il commence à déplaire au monde ; heureux qui embellit sa jeunesse des charmes de la Vertu ; heureux enfin, comme parle la même Ecriture, qui n'a pas fait le mal quand il l'a pû faire, & qui n'a pas transgressé la Loy quand il l'a pû transgresser. C'étoit ce que vouloit persuader au jeune Damon, dans cette Epître, un de ses proches parens, un peu moins jeune que luy. Ils avoient joint aux liaisons du sang & de la nature, toutes celles de l'estime & de l'amitié ; & comme ils passoient leur vie en des lieux differens, ils ſouhaittérent de ſe revoir, aprés avoir été long-tems ſeparés : Damon qui étoit à Paris, reſolut pour cet effet de revenir en Province, & dans une Ville ou il a ſon établiſſement ; ſon parent avoit fait un aſſés long voyage pour l'y venir attendre ; une fiévre violente qui faillit à coûter la vie à Damon, fut cauſe que ſon parent l'y attendit bien avant dans l'Hiver ; ils ſe revirent enfin, mais ce ne pût être que pendant peu de jours, aprés leſquels le parent de Damon ſe retirant chés ſoy, il luy écrivit cette Epître par les chemins. Ce petit détail ôtera des premiers Vers quelque obſcurité, qui pourroit d'abord déplaire au Lecteur, & ſervira à faire voir que le parent de Damon ne ſongeoit à rien moins, qu'à donner cette Epître au public : Mais comme il ſçeu qu'elle y avoit paru malgré luy toute défigurée, & que Dieu avoit bien voulu s'en ſervir pour toucher quelques perſonnes engagées bien avant dans les illuſions du ſiecle, il n'a pas crû la devoir refuſer plus correcte à ceux qui la luy ont demandée, étant bien convaincu d'ailleurs, que l'Eſprit de Dieu ſouffle où il veut.

EPISTRE A DAMON.

JE t'ay revû DAMON, *& dans tout mon voyage*
Je ne pouvois rien voir qui me plût davantage,
En vain par mille maux, aux plus beaux de tes jours,
La Parque a menacé d'en arrêter le cours;
Après avoir souffert ses cruelles allarmes,
Je t'ay revû Damon, avec tous tes charmes,
Paris à mes souhaits à la fin t'a rendu,
Je ne me repens point de t'avoir attendu:
Et bien que d'Aquilon l'invincible furie
Me surprenne en ces lieux loin de ma bergerie,
Quoy que tous ses glaçons sur la terre & sur l'eau
Me ferment le chemin vers mon petit troupeau,
Quelques justes que soient les soins qu'il me demande
Il faut pour quelques jours encor qu'il m'attende;
Je n'ay pû refuser à tes tendres desirs

EPISTRE A DAMON.

De nos embrassemens les innocens plaisirs,
Et de vouloir serrer jusqu'à la sepulture
Tous les nœuds qu'entre nous a formé la nature,
Dans nos doux entretiens ma fidele amitié,
De ce que je pensois, t'a bien dit la moitié;
Mais le plus important me reste encor à dire,
Je t'ay quitté Damon, je m'en va te l'écrire.
Dés que je te revis, ce jour delicieux
A te considerer appliqua tous mes yeux,
Je trouvay dans ton air, tes façons, ta personne,
Encore plus d'attraits que ton âge n'en donne,
Et qu'en toy la nature a par d'heureux accords
Aux graces de l'esprit uni celles du corps;
Tu n'as rien que de doux, tu n'as rien qui ne plaise,
Il faut qu'en te voyant tout critique se taise,
Tu remplis tes devoirs avec fidelité,
Ton esprit avec soin cherche en tout l'équité,
Le sordide interêt n'a sur toy point d'empire,
Tu sçais en chaque lieu bien penser & bien dire,
Le public que tu sers avec attachement
Reçoit par tes travaux un grand soulagement;
Et quoy que les amours, les jeux & les delices,
Te veüillent détourner de ces tristes offices,
Tu sçais adroitement leur reserver un tems
Qui ne dérobe rien à tes soins importans;
Habile & serieux quand il le faut paroître,
Doux, enjoüé, commode alors qu'il le faut être;
Enfin de tes talens il ne m'échape rien,
Mais le monde a son compte, & Dieu n'a pas le sien;
Ce Dieu de ces talens la source & l'origine
Te forma pour atteindre une fin plus divine,
Il voulut bien marquer par tant d'heureux dehors

Les admirables soins qu'il prenoit de ton corps ;
Mais ton ame, Damon, fut faite pour luy plaire,
Il voulut que ce but fût ton unique affaire,
Et sur tout il voulut avoir tes jeunes ans ;
Les Payens à leurs Dieux consacroient le Printems,
Et Rome aux grands perils autrefois alarmée,
N'avoit rien de plus fort contre leur main armée,
On destinoit au Temple, & pour chaque maison,
Tout ce que produiroit cette verte saison ;
Mais les fleurs seulement n'étoient pas leurs offrandes,
Un plus fort sacrifice appuyoit leurs demandes,
Les troupeaux & l'esclave, & l'enfant malheureux
S'immoloient sans pitié pour aquiter leurs vœux.
Dieu ne veut pas de nous ces cruels sacrifices,
Mais quand un cœur le cherche, il en fait ses delices,
A ton âge fecond en injustes desirs,
Qui les sçait immoler fait ses plus grands plaisirs,
D'un plan d'ambition il aime la victime,
Ou du plaisir trompeur qu'offre quelqu'autre crime,
Ou de ces mouvemens qui corrompent les cœurs,
Et dont ton âge a plus, que l'Avril n'a de fleurs,
C'est ce Printems sacré, c'est là ce sacrifice
Qu'il regarde ici bas de l'œil le plus propice ;
Car enfin ne croi pas d'en être autant aimé
Quand tu luy donneras ton squellette animé,
Quand sur ton front ridé l'accablante vieillesse
Ne peindra que soucis, que crainte, que tristesse,
Et que de tes excés un leger souvenir

T'occupera bien moins, que la peur de finir,
Lors qu'à tous les plaisirs, ta presence importune
Fera de ta maison la mauvaise fortune,
Et que par des efforts, bien souvent superflus,
Tu tireras du monde un cœur qu'il ne veut plus;
De tant de voluptés ces pitoyables restes,
N'exhalent aux Autels que des vapeurs funestes,
Ces sentimens forcés marquent un faux retour,
La crainte les produit, & rarement l'amour:
Ce n'est qu'aprés tout cette bonté suprême
De ce Dieu qui pour toy s'est immolé luy-même,
Ne reçoive par fois ce tardif payement,
On le vit accepter même un dernier moment;
Mais il faut confesser que ces graces sont rares,
Que ses divines mains en paroissent avares,
Et qu'en un corps usé, l'esprit tout languissant
Pousse mal-aisément un soûpir si puissant!
Hâte-toy donc Damon, fais ce qu'il te demande,
Du Printems de tes jours va luy faire une offrande,
Consacre à sa grandeur toutes tes actions,
Immole à son amour toutes tes passions,
Offre-luy tout ton tems, ton travail, ta parole,
Hors de là, cher Damon, croi que tout est frivole,
Laisse dire le monde, & tous ses enchanteurs
Quand ils ont bien parlé, ce sont de beaux menteurs,
Dont la foule entraînant ceux qui les veulent croire,
Les tire pour jamais du chemin de la gloire:
Mais que leur vaut ce monde, & que fait-il pour eux?
Ce monde pourroit-il un jour te rendre heureux?
Je veux qu'il ait flatté ta legere esperance,

EPISTRE A DAMON.

Qu'il ait verſé chés toy des biens en abondance,
Pourras-tu poſſeder tous ces biens longuement ?
Pourras-tu t'en ſervir même paiſiblement ?
Ton corps eſt-il exempt des miſeres communes ?
Ton eſprit n'a-t'il point quelque nuit importune?
Ton cœur raſſaſié n'a-t'il point de dégoût ?
Et ne ſouffre-t'il rien quand tu poſſedes tout ?
Ne ſent-il point venir cette heure formidable
Dont le ſeul ſouvenir nous trouble & nous accable,
Cette heure que Damon ne ſçauroit éviter,
Où Damon n'aura plus le tems de conſulter,
Cette heure qui ſouvent ſe paſſe en réveries,
Et qui livre l'eſprit à d'étrangers furies.
Ah ! ne vaut-il pas mieux la ſçavoir prevenir,
Et dés nos jeunes ans apprendre à bien finir,
S'attirer par l'effort des ardentes prieres
De ce Dieu tout-puiſſant les dons & les lumieres,
Elever à ſon Trône & nos mains & nos yeux,
Faire en tout & par tout ce qu'il aime le mieux,
A ſes commandemens ne donner point d'atteinte,
N'entrer que pour luy plaire en de juſtes emplois,
Y faire executer ſes ordres & ſes loix ;
Car enfin de ce Dieu l'on ne peut ſe défaire,
Je te l'ay dit, Damon, & je ne puis m'en taire,
L'impie & le méchant ont beau s'en éloigner,
Jamais en le fuyant on n'a rien ſçû gagner,
Il faut en le quittant tôt ou tard qu'on periſſe,
Et qui fuït ſa bonté rencontre ſa juſtice,
Ne cherche donc par tout qu'à ſuivre ſes deſirs,
Ne pouſſe que vers luy tes plus ardens ſoupirs,
Prends en tout ſon eſprit, modere ta colere,
Fuy l'excés des plaiſirs, & de la bonne chere.

EPISTRE A DAMON.

D'aucune passion ne sois plus maîtrisé,
Secours ce Dieu du Ciel, en pauvre déguisé,
Sur tant de malheureux exerce tes largesses,
Ils font tenir au Ciel sûrement nos richesses,
Fuy de mille beautés les appas si trompeurs,
Dieu seul, Damon, Dieu seul est digne de nos cœurs,
Il merite luy seul nôtre tendresse extrême;
Enfin ne l'aimer pas, c'est se haïr soy-même,
Hors de là point de paix, de plaisir, de repos,
Si l'on t'en montre ailleurs, cher Damon, il est faux.
Veüille ce Dieu si doux, qui m'éclaire & m'inspire,
Te faire executer ce qu'il me fait t'écrire,
Puissans mes tendres vœux, au plûtôt exaucés,
Etre par tes vertus encore surpassés,
Puissent tout-tôt mes yeux, fixés sur ta personne,
Voir fleure ton Printems dans ma paisible Automne,
Et verser mille pleurs par excés de plaisir,
De ce qu'en toi le Ciel a comblé mon desir;
Puisse-tu, cher Dumon, en suivant sa lumiere,
Fournir de la vertu la plus belle carriere;
Puissay-je à mes avis moy-même être pareil,
Et te servir d'exemple ainsi que de conseil.

LE

LE VOYAGE MISTERIUX DE L'ISLE DE LA VERTU.

A ORONTE.

VOUS blâmés ma paresse, Oronte ? Vous vous plaignés de mon silence ; que sçavés-vous si ce n'est pas la vanité qui me fait taire, & si je n'ai point dessein de me rendre considerable par mon oisiveté. J'ai oüy dire que les bons esprits sont paresseux ; ne pourrois-je point faire servir mes défauts à ma gloire, &

acquerir de l'eſtime par ma negligence ? Non Oronte, ce n'eſt pas ma penſée, ſi je ne vous ay pas écrit depuis long-tems, c'eſt parce que j'étois trop éloigné de vous, & dans un monde qui n'a point de Commerce avec le vôtre. J'ay parcouru bien du païs depuis que je ne vous ay entretenu, & vous ſerés peut-être ſurpris quand vous aprendrés mes avantures. La Relation en ſera plus naïve que pompeuſe ; Je cherche à vous divertir plûtôt qu'à paroître éloquent, & il faut que le diſcours d'un Hermite ſoit auſſi ſimple que ſa vie. Vous ſçavés, Oronte, que j'ai beaucoup d'inclination à voyager, & que cette paſſion remplit mon ame de mille deſirs qui laiſſent peu de repos à mon eſprit. Il y a peu de Provinces que je n'aye vû ; mais tous mes voyages n'avoient pas encore ſatisfait ma curioſité, & me ſentant toûjours agité de la même inclination, je pris reſolution de m'embarquer, & d'aller chercher ſur la mer les ſatisfactions que je ne trouve pas ſur la terre. Car enfin diſois-je,

Puiſque je ne vois rien de plus doux dans la vie,
Que d'aller parcourir les pays étrangers,
Allons, embarquons-nous, & malgré les dangers
Contentons nôtre envie.
Si je ne trouve pas de ſolides plaiſirs,
J'auray du moins ſatisfait mes deſirs.

Une ame predeſtinée mépriſe tous les dangers, & les amorces de la vie pour ſuivre la vertu

Ce fut ce qui me fit reſoudre d'entreprendre un grand voyage, & d'aller promener mes réveries ſur les eaux, aprés les avoir ſi long-tems entretenu ſur la terre. A peine eus-je formé ce deſſein, que je penſay aux moyens de l'executer, je m'en allay ſur un port de mer, & par un bon-heur que je n'attendois pas, je trouvay quantité de gens diſpoſés à faire le même voyage. Il eſt vrai que tous n'avoient pas le même motif, l'interêt en attiroit quelques-uns qui ſe promettoient quelque avantage pour leur fortune chez les Nations étrangeres, les autres ne s'engagoient à ce voyage, que par les mouvemens d'une curioſité, qui eſt aſſés naturelle à la Jeuneſſe. Mais, Oronte, il faut que je vous diſe qu'une perſonne de nôtre compagnie nous divertit agréablement par les agitations, dont il étoit combattu, il témoignoit grand deſir de partir au plûtôt, & neanmoins il avoit de certains attachemens qui tâchoient de le retenir, nous en fûmes pleinement perſuadés, lorſque jettant les yeux ſur un pays qu'il alloit abandonner.

A Dieu, dit-il, alors, sejour delicieux.
Qui m'avés derobé les beaux jours de ma vie;
Je vous quitte aujourd'hui pour suivre mon envie,
Et vous fais mes derniers adieux.
Ne touchés pas mon cœur d'une fausse tendresse,
Retirés-vous quand je vous laisse.

Divorce avec les plaisirs.

J'ay perdu trop de tems à suivre vôtre loy.
Je regrette aujourd'hui cette perte funeste,
Mais dans mon déplaisir la douceur qui me reste:
C'est que je vais vivre pour moy,
Pour rompre mon dessein vous m'avés plus des armes,
Je suis détrompé de vos charmes.

Plaisirs, ne s[illegible] à me venir troubler,
Par les flatte[illegible] qui vous sont ordinaires,
J'opose à vos attraits d[illegible] passions contraires,
Que rien ne sçauroit [illegible]anler;
J'eface en ce moment jusqu'aux moindres pensées
De toutes vos doucours passées.

Ces paroles nous donnerent du plaisir, & nous eûmes tous beaucoup de joye de voir qu'il étoit resolu de nous suivre. Nous voilà donc disposés à partir; mais on n'avoit pas encore determiné en quel lieu nous devions aller; les uns vouloient faire voile du côte du Nord, les autres vouloient paſſer au Midi; pour moy j'étois d'avis d'aller en Orient, comme dans la plus belle partie du monde. C'eſt là où Dieu avoit mis ce Paradis terreſtre, ſi celebre dans l'Ecriture Sainte, c'eſt là où les premiers hommes du monde ont reçu la naiſſance: C'eſt dans ces Regions où Dieu a tant fait de merveilles, & où les Principaux Myſteres de nôtre Religion ont été accomplis. Je me figurois que j'y trouverois plus de ſatisfaction que dans tous les autres pays de la terre, un inſtinct ſecret que je ſentois m'y portoit, & par un effet de ma bonne fortune, ceux qui auparavant avoient des penſées contraires entrerent dans mes ſentimens: nous prenons jour pour nôtre depart, & le tems étant favorable.

Beaux mouvemens de la Converſion.

On s'embarque, on fait voile, & quittant le rivage,
Tout semble nous promettre un fortuné voyage.
On pousse mille cris en sortant de ce lieu,
La bouche du Canon, dit le dernier adieu.
Nos amis affligés, voyant qu'on se retire
Accompagnent des yeux en mer nôtre navire.
On s'éloigne du bord, on avance, & le vent
Pousse nôtre Vaisseau du côté du Levant.
Une épaisse fumée, offusque nôtre vûë
Quand elle disparoit, la terre est disparuë,
Et de quelque côté qu'on puisse regarder
On ne découvre plus, que le Ciel & la mer.
Mais Dieu, que d'inconstance au païs de Neptune
Qu'on voit de changemens au dessous de la Lune.
On se laisse conduire aux soins des Matelots
Le vent enfle la voile, on marche sur les flots;
Mais à peine étions-nous à cent mille de terre
Quand des vents furieux nous declarent la guerre.
Tout d'un coup l'air se trouble, & mille tourbillons,
Viennent s'entrechoquer comme des bataillons:
Ces Mutins insolens que la Lune gouverne,
Font un murmure horrible en quittant leur caverne.
Et joyeux de se voir en pleine liberté
Chacun suit son caprice, & va de son côté.
La mer nous presageant un funeste naufrage
Gronde dans sa colere, & écume de rage,
Le tonnerre à son tour bruit effroyablement
Et l'Echo luy répond par un mugissement,
La tempête s'augmente, & les eaux plus émuës
Portent nôtre navire aussi haut que les nuës.

Resolution genereuse de s'exposer à tous les perils de la vie pour trouver la vertu.

Ainſi nous ſoûtenons deux mouvem.ns divers,
Nous paroiſſons au Ciel, & puis dans les Enfers;
Et toûjours agités d'une mortelle crainte,
Chacun porte la peur ſur ſon viſage peinte.
On reſiſte pourtant, on gagne pleine mer,
Lors que des flots nouveaux commmencent d'écumer.
Le Ciel pour ſe venger peut-être de nos crimes,
Nous montre des tombeaux en ouvrant des abîmes:
Les plus hardis de nous paroiſſent étonnés
En vain nous reſiſtons à des flots mutinés.
La tempête s'irrite, & les nuës ſont prêtes,
Si nous ne periſſons de foudroyer nos têtes,
Dans ce danger funeſte, il nous importe peu
De perir par les eaux, ou perir par le feu;
Nous ſommes ſans eſpoirt que le Ciel nous delivre
Chacun croit qu'il n'a plus qu'un ſëul moment à vivre.
Rien ne ſe montre à nous que la crainte & l'horreur,
La foudre, & les éclairs redoublent nôtre peur,
Les vents ont renverſé mats, cordages & voiles;
On ne découvre plus le Ciel ni les Etoiles.
Tout eſt dans le deſordre, enfin il faut perir,
Si le Ciel promptement ne veut nous ſecourir.
Tout le monde gemit d'une perte commune,
Je pouſſe des ſoupirs, je plains mon infortune;
Et me conſiderant ſi proche de la mort,
Je regrette cent fois d'être ſorti du port.
La crainte ſur mon front peint ſa tremblante image,
Je tourne mes regards du côté du rivage;
Mais dans ce triſte état, je vois de tous côtés

Belle deſcription des dangers où l'ame s'expoſe en quittant les delices du monde pour s'unir à la vertu.

Un Ciel tout plein d'éclairs, & des flots agités;
Pour lors je me prepare à mon heure derniere,
Je regarde le Ciel, je luy fais ma priere,
Quand on voit tout d'un coup, par un bonheur soudain,
La mer devenir calme, & le tems plus serain,
Le vent devint plus doux, & les vagues s'unissent.
Et ces montagnes d'eau, s'abaissent, s'aplanissent,
Et faute de trouver un solide soûtien;
Je les vois disparoître, & se resoudre à rien.
La tempête se passe, on n'entend plus l'orage;
On n'apprehende plus, la mort ni le naufrage,
Et nous voyans sauvés d'un si pressent danger,
Nous cherchons avec joye, un pays étranger.

La tempête nous avoit jettés assés proche des Côtes de Barbarie, nous découvrîmes des Corsaires qui venoient à nous, pour nous donner la chasse; mais nous fûmes assés heureux pour nous retirer. Je ne vous diray rien de tous les lieux que nous vîmes en passant. Je vous ennuyerois, si je m'amusois à vous parler de ces Villes superbes qui sont bâties sur les nuages de la mer, & qui semblent de loin ſortir des eaux , & s'éle-ver à meſure qu'on en aproche. Je ne vous diray rien auſſi des Iſles où nous abordâmes pour nous ra-fraîchir, il ſuffit que vous ſçachiés qu'elles ſont plus agréables que tous les lieux que vous habités , & que c'eſt là où le Soleil répand ſes plus douces influences.

premiers charmes des aproches de la vertu.

C'eſt là que jamais la verdure ,
De l'Hyver importun n'a reſſenti l'injure.
Tout rit dans ces beaux lieux ,
Nature les a fait pour plaire ,
Là dans chaque Saiſon les yeux
Trouvent dequoy ſe ſatisfaire.

Là parmi les ſombres bocages
On entend les chanſons de cent chantres volages,
Dont les airs raviſſans ,
Sçavent ſans art , & ſans pratique ,
Flatter l'oreille des paſſans ,
Par une agréable Muſique.

La beauté de ces Iſles ne nous ar-rêta pourtant pas , un certain ge-nie qui nous conduiſoit , nous inſ-piroit ſecrettement de pouſſer plus loin nôtre voyage. Nous fîmes voile encore trois mois ſans aborder, & à la fin nous commencions à nous ennuyer de nous promener ſur les eaux, lorſqu'un matin qu'il faiſoit clair nous découvrîmes d'aſſés loin quelque choſe de fort élevé ſans pouvoir diſcerner ce que c'étoit. Nous tournâmes de ce côté-là, & étant plus prés nous vîmes que c'étoit une Iſle bordée de grands Rochers qui la rendoient preſque inacceſſible. Elle étoit environnée de pluſieurs petites Iſles, dont la beauté ſembloit nous inviter d'y aller prendre du repos, en effet, on ſe diſpoſoit pour y aborder lorſque jettant les yeux ſur une face de ces Rochers, qui bordoient la grande Iſle, je lûs ces Vers écrits en gros Caracteres :

L'abord difficile.

Con-ſolation dans ces diffi-cul-tés.

Mortel ! qui que tu ſois, qui cherches un azile.
Et des lieux écartés pour plaindre tes malheurs,
Si tu veux ſoulager tes cruelles douleurs,
Ne te retire pas ſans viſiter cette Iſle.

Je lûs ces paroles avec une conſolation que je ne ſçaurois exprimer, je les montray aux autres, & nous ne pouvions concevoir comment on les avoit gravées dans un lieu, qui paroiſſoit abandonné, & inacceſſible aux hommes.

Des Rochers élevés qui percent juſqu'aux nuës,
En défendent les avenuës.
Un abord ſi fâcheux, le fait apprehender,
Il eſt bordé de precipices,
Et ſi les vents ne ſont propices :
On n'en peut jamais aborder.

Ces Vers que nous avions remarqués, redoubloient nôtre curioſité, & irritoient le deſir que nous avions d'y entrer, & nous conſiderions la ſituation de ce deſert avec beaucoup d'attention, lors qu'un homme d'aſſés bonne mine, qui étoit dans nôtre Vaiſſeau,

ſortant

ſortant comme d'un profond étonnement ; beniſſons, s'écria-t-il, tout d'un coup avec de grands ſentimens de joye : beniſſons la Providence qui nous a conduit dans un lieu que je cherche depuis tant d'années, ſans que j'aye été juſqu'à cette heure aſſés heureux pour y aborder ; je me ſouviens d'y être venu autrefois dans ma jeuneſſe, & même d'y avoir fait quelque ſéjour ; mais le peu d'experience que j'avois en ce tems-là, m'en ayant donné du dégoût, j'en ſortis dans l'eſperance de trouver ailleurs de plus ſolides plaiſirs ; mais les mal-heurs qui m'ont depuis agité, m'ont bien appris que j'étois heureux, ſi je l'avois ſçeu connoître, & que penſant chercher du repos je me ſuis plongé en de cruelles inquietudes. J'ay voulu cent fois re-

L'ame s'anime par les obſtacles.

parer ma faute, je me ſuis ſouvent embarqué pour revenir dans un lieu que j'avois quitté ; mais ſoit que mon deſtin ne m'ait pas permis d'en aborder plûtôt, ou que le Ciel pour châtier mon imprudence ait derobé cette Iſle à mes recherches, je n'en ai ſçeu approcher juſques aujourd'hui ; mais puiſque je l'ai trouvée je n'en ſortirai plus, & je prétens d'y paſſer le reſte de ma vie.

Ce diſcours augmenta encore nôtre curioſité, nous le priâmes de nous dire comment on appelloit ce deſert, s'il y avoit demeuré long-tems, & par qui il étoit habité. Oüi, dit-il, je vous l'aprendrai, & je le fais avec joye parce que je ſuis convaincu, que ſi je puis vous inſpirer le deſir d'entrer dans cette Iſle, je contribuë à l'établiſſement de vôtre bon-heur.

Cette Isle donc s'apelle l'Isle de la Vertu, tout le monde en a oüy parler; mais peu de gens y sont venus, & la plûpart de ceux que le bon-heur y a conduit se sont retirés pour aller en des païs moins agréables.

La jeunesse sur tout, par un leger caprice,
Abandonne ce lieu, pour le séjour du vice;
Mais se désabusant, enfin de son erreur;
Elle ne trouve ailleurs, que tristesse, qu'horreur
Lors voulant reparer, la faute qu'elle a faite,
Elle veut revenir, dedans cette retraite;
Mais par un sort funeste, & qu'il faut déplorer
On meurt assés souvent, sans y pouvoir r'entrer.

Le pitoyable sort de la Jeunesse.

Je ne suis pas si mal-heureux que beaucoup d'autres, puis que le Ciel permet que je revoye un si aimable desert aprés l'avoir regretté si long-tems, & pour ne vous pas laisser davantage dans l'impatience que vous avés de le visiter, je m'offre de vous y conduire ; mais il faut auparavant que je vous donne quelques avis necessaires; car sans cela nous ne reüssirions pas dans nôtre dessein. Sçachés donc que c'est dans cette Isle où la Vertu a établi sa demeure ; parce que c'est un climat le plus doux du monde , & c'est ici où elle montre tous ses charmes. Quand vous la verrés vous en serés touchés ; mais pour en venir jusques - là , il y a bien des ennemis à mépriser & d'obstacles à vaincre. Je vous plaindrois si vous marchiés sans guide ; car asseurément on vous arrêteroit en chemin , & vous n'auriés pas assés de resolution pour arriver au lieu où je prétens vous conduire.

On s'engage aisément à chercher la Vertu ,
Elle a pour nous toucher une puissante amorce ;
Mais mille empêchemens, dont on est combattu
Nous en ôtent bien-tôt la force.

Voyés-vous ces petites Isles qui sont autour de celle-cy, elles paroissent assés belles, & ce n'est pas sans dessein; car c'est là où se retirent les plaisirs que la Vertu a banni de son Isle; Ils la regardent comme leur ennemie, ils tâchent de détourner ceux qui vont à elle, & de lui dérober les cœurs qui ont de l'inclination à l'aimer. Il ne leur est pas mal-aisé d'y réüssir, ils logent en des lieux si charmans qu'il faut se faire violence pour s'empêcher d'y aller, & quand on y est une fois entré, on n'en veut plus sortir. Vous en jugerés vous-mêmes, si vous voulés venir avec moy dans cette Isle la plus proche de nous; Ceux qui l'habitent ne nous arrêteront pas; je suis assuré qu'ils n'oseront pas se presenter devant moy; car quand ils trouvent des gens qui les méprisent ils n'osent plus paroître.

Peu de gens y arrivent.

De toute nôtre Compagnie, je fus le seul qui voulut accompagner cet Inconnu dans cette Isle qu'il me montroit, le desir que j'avois de m'instruire en la visitant, fit que je me détachai de la troupe pour le suivre, disant aux autres que je reviendrois bien-tôt, & que nous entrerions tous ensemble dans l'Isle de la Vertu. Sans mentir, Oronte, je fus surpris de tout ce que je vis, & je ne m'étonnai pas qu'on eût de la peine à se retirer d'un lieu si agreable.

Charmans delices de la vertu.

Je voyois des ruisseaux, des promenoirs sauvages.
Des Cabinets couverts, des jets d'eau, des bocages,
Tout y flattoit les yeux, je voyois les chemins,
Bordés de Grenadiers, d'Orangers, de jassemins,
L'Hiver en ces beaux lieux ne montre point sa face.

Les trois autres Saisons , ne lui font point de
place ;
Dans ce climat enfin, on ne voit rien d'afreux
Le Soleil y repand des regards amoureux ;
Mais il ne perce point dans les allées sombres ,
S'il en chasse le froid , il respecte les ombres ,
Et jamais il n'a pû d'un regard curieux ,
Penetrer le secret , de ces aimables lieux.

Retournons , me dit alors mon Guide , vous pouvés sans passer plus avant , juger par ce que vous voyés de la beauté des autres Isles ; Il me semble que celle-cy ne vous déplait pas , & que vous ne seriés pas fâché de vous y arrêter ; mais puisque je me suis chargé de vôtre conduite , je ne veux pas vous laisser dans un lieu où il fait dangereux pour vous , avoüés seulement que sans un bon-heur extraordinaire , on n'évite point les empêchemens qui détournent de la Vertu ; car en verité , les autres Isles sont encore plus agréables que celle-ci.

Ces paroles me donnoient grande envie de les viſiter ; mais jugeant bien qu'il n'y conſentiroit pas, je retournai avec lui trouver la compagnie qui nous attendoit ; je leur dis ce que j'avois vû, & je les trouvai tous occupés à conſiderer les dehors de l'Iſle de la Vertu, ils ne pouvoient comprendre pourquoi cet abord étoit ſi difficile. L'Inconnu qui étoit fort ſçavant dans ces matieres nous donna l'éclairciſſement que nous deſirions. Vous n'ignorés peut-être pas, nous dit-il, que la ſeule idée de la Vertu a quelque choſe qui choque d'abord l'eſprit ; ce n'eſt pas qu'elle ne ſoit fort aimable ; mais parce qu'elle veut être aimée toute ſeule, & que pour être à elle, il faut être detaché de tout le reſte, il ſe trouve peu de gens qui veüillent s'engager à ſon ſervice.

Et se faire obéir aux Princes & aux Rois,
Et je pense qu'elle se fonde.
Lorsqu'à tous les mortels, elle impose des loix,
Sur ce qu'hors d'elle seule, il n'est rien dans le monde
Qui soit digne de nôtre choix.

Empire de la vertu.

Elle a donc établi sa demeure dans cette Isle, dont l'abord comme vous voyés paroit assés rebutant, pour montrer qu'elle fait un peu mauvais visage au commencement; mais qu'aprés cela elle est pleine de douceurs & de tendresses. En effet vous n'avés jamais rien vû de plus agréable que le dedans de cette Isle, je suis assuré que vous n'en voudrés plus sortir quand vous serés entré, & que vous en aimerés mieux le sejour que tous les autres lieux de la terre.

Son temperament.

D'où vient donc lui, dis-je, que vous n'y êtes pas demeuré aprés y avoir entré autrefois, & que vous êtes allé chercher ailleurs des contentemens plus ſolides. Helas! dit-il, en pouſſant un grand ſoûpir, j'étois trop jeune en ce tems-là pour avoir toute l'experience qui m'étoit neceſſaire. Je ne prevoyois pas les mal-heurs que je m'attirai en ſortant d'un lieu où mon deſtin m'avoit conduit: que j'aurois évité de larmes ſi je n'avois point quitté cet Innocent ſejour? Mes paſſions qui entreprirent ma conduite, me faiſoient eſperer mille plaiſirs, & en effet, elles me menerent d'abord par des voyes aſſés douces; mais helas! ces legeres ſatisfactions ont été bien-tôt mêlées de chagrins: que ces premieres douceurs m'ont attiré de cruelles afflictions, & qu'elles ſont devenuës fatales à mon repos; mais ne parlons plus d'une choſe, dont je veux perdre le ſouvenir , disons seulement que faute d'experience, on se jette en mille desordres, on se plonge en mille inquietudes , & qu'il est presque impossible que la jeunesse (qui d'ordinaire ne suit que la violence de ses desirs) se laisse gagner aux attraits de la Vertu qu'elle ne connoit pas. Ce n'est pas que la raison ne nous aprenne qu'elle seule merite nos empressemens ; mais avec tout cela, quand les passions sont fortes, la vertu a beau s'oposer à nos desseins.

Elle prétend regner sur la Terre & sur l'Onde
Elle nous montre en vain ses charmes impuissans ,
Il faut d'autres attraits pour arrêter nos sens
Et pour gagner un cœur rebelle ,
Un esprit qui connoit, que pour suivre sa loy ,
Il faut s'aneantir , & renoncer à soy ,
Trouve qu'elle n'est plus si belle.

Ne vous étonnés donc pas si je fus assés imprudent pour me retirer , vous connoîtrés un jour qu'il eſt mal-aiſé de ſe maintenir auprés d'elle, & encore plus difficile d'en aprocher. Vous avés déja vû les plaiſirs qui ſe ſont refugiés autour de cette Iſle pour amuſer les Paſſans; mais ce ne ſont pas les ſeuls ennemis, dont il faut ſe défendre, vous en trouverés encore d'autres au dedans qui employeront toute leur adreſſe pour vous plaire. Allons, entrons dans l'Iſle; car j'ay trop d'impatience d'aller voir ce que j'ay eſtimé autrefois avec tant de paſſion.

En diſant cela nous nous aperçûmes que le reſte de la compagnie nous avoit quitté pour entrer dans les autres petites Iſles, & quoi que nous puſſions leur dire, ils s'y trouvoient ſi bien qu'il nous fut impoſſible de les retirer. Ils nous dirent tous qu'ils nous attendoient au retour, & cependant qu'ils passeroient là des momens fort agréables. Je fus donc le seul qui voulut accompagner l'inconnu, & comme nous entrions, un jeune homme d'assés bonne mine se presenta à nous pour nous conduire, il s'y offrit de la meilleure grace du monde, il avoit l'air doux & complaisant, & on voyoit dans son port & dans son vrai visage quelque chose de fort agreable. Je remarquai qu'il avoit bonne opinion de luy; car il se regardoit incessamment avec beaucoup de complaisance. Il nous fit cent reverences pour nous obliger de le recevoir dans nôtre compagnie; Il nous promit de nous accompagner dans tout nôtre voyage, & de nous montrer ce qu'il y avoit de plus curieux dans l'Isle.

Pour moi j'avoüe que j'étois ravi de ſa civilité ; mais mon Guide qui le connoiſſoit ne voulut jamais ſe prevaloir de ſa complaiſance. Je le priai ſeulement de me montrer ſa maiſon, afin qu'à mon retour je pûſſe luy rendre viſite ; mais il me dit qu'il n'avoit point de demeure à luy, parce qu'il étoit bien venu par tout, & qu'il y avoit peu de gens qui comme nous reçuſſent ſi mal les avances qu'il avoit faites. Il en fut rebuté ; car il diſparut en un moment ſans que nous viſſions par ou il avoit paſſé ; j'en demeurai ſurpris lorſque mon guide qui s'en aperçut, ne vous étonnés pas, me dit-il, de l'adreſſe de ce galant-homme, vous ne ſçaviés pas que c'eſt l'amour propre qui vouloit ſe joindre à nous, il eſt ſi ſubtil, qu'il ſe mêle inſenſiblement dans toutes ſortes de Com-

Intrigue de l'amour propre.

pagnies, il previent pour se faire agréer; mais lorsqu'on le rejette, il se retire si adroitement qu'on ne s'aperçoit pas de sa fuite. En verité, luy dis-je, je ne m'étonne plus de ce qu'on luy fait par tout si bon accueïl, il est le plus agreable du monde, & quand vôtre rudesse l'a contraint de se retirer, je me sentois tout disposé à luy accorder mon amitié.

Son air a des attraits capables de charmer,
Son esprit est galant, & son humeur civile
Et plus on l'entretient, plus il est difficile
De se defendre de l'aimer.

Aprés avoir quitté l'amour propre nous trouvâmes une grande prairie arrosée de quantité de Ruisseaux bordés de grands arbres, c'est assurément un des plus beaux endroits de l'Isle.

C'est là que parmi la verdure,
On entend des Ruisseaux l'agreable murmure;

Et que tous les oiſeaux gazoüillans leurs chanſons,
Inſtruiſent leurs petits, & leur font des leçons.

En ſortant de cette prairie nous trouvâmes une Ville dont les Ruës étoient aſſés belles. Les habitans y ſont fort civils & courtois, elle eſt extrêmement peuplée, on y aborde de toutes les parties du monde dans l'eſperance d'y faire quelque fortune. En effet on y voit de belles maiſons ; mais les anciens habitans nous dirent que les meilleures familles n'y ſubſiſtoient pas long-tems, que tout ce qui paroiſſoit pour lors de plus ſuperbe n'étoit bâti que depuis quelques années, & qu'il ne reſtoit que de triſtes debris de celles qui autrefois avoient été magnifiques. Cette Ville s'apelle complaiſance du nom de la Dame à qui elle apartient. Comme nous

La Complaiſance.

nous promenions dans une grande place où chacun nous faisoit mille amitiés, nous la vîmes venir à nous avec un visage riant, & un air le plus joli du monde. Je commençois à prendre plaisir à son entretien lorsque mon guide me dit de ne me pas arrêter à ses paroles, parce qu'elle déguisoit toûjours ses pensées; & quoy, me dit-il, ne connoissés-vous pas encore Complaisance.

Apprenés que c'est une Dame
Qui ne montre rien moins que ce qu'elle a dans l'ame.
Soit qu'il faille aprouver ou le bien ou le mal,
Elle le fait d'un air égal,
Toûjours elle paroit au dehors satisfaite,
Soit qu'elle arrive ou non, à ce qu'elle souhaitte.

Cette Ville est bâtie sur le bord d'une Riviere qu'on apelle Flatterie; Cette Riviere est celebre par le trafic de quantité de gens qui y ont fait fortune pour s'y être

La Flatterie.

embarqués à propos ; mais elle est encore plus fameuse par le debris d'une infinité de Personnes qui y ont fait naufrage.

Les civilités que nous recevions en ce lieu là ne me déplaisoient pas, ce qui fut cause que l'Inconnu me parla avec un peu d'aigreur; si vous voulés, me dit-il, vous arrêter à tout ce que vous trouverés nous n'arriverons jamais où nous avons dessein d'aller, ne vous ay-je pas dit d'abord qu'il y avoit mille difficultés à vaincre, devant que d'entrer dans le Palais de la Vertu, nous sommes dans son Isle; mais sa maison est encore bien éloignée, & si vous ne voulés me suivre, je seray contraint de vous quitter pour continuer mon voyage. Je luy promis que je ferois tout ce qu'il voudroit, je sortis de Complaisance, parce qu'il le souhaitta,

& nous allâmes coucher à delicatesse.

La delicatesse.

C'est un Château aussi agréable qu'il y en ait au monde, tout y rit, tout y plaît, il est pourtant plus beau que riche, & la plus fine architecture y est observée dans toutes ses Regles. Il est bâti entre un bocage & un grand canal qui y entretiennent en tout tems un air frais, & les avenues sont bordées de fleurs. Comme nous abordions nous arrivâmes à un Cabinet de Jassemin, où une Dame accompagnée d'une fille qui avoit fort mauvaise grace, étoit assise dans un fauteüil. Je m'arrêtay pour la considerer, & je connus que c'étoit delicatesse ; mais j'étois en peine de sçavoir qui étoit la personne qui l'accompagnoit lorsque mon guide me dit qu'elles s'apelloit Repugnance ; Ce que je reconnus en ſuite, par la quantité de grimaces que je remarquay ſur ſon viſage: au reſte Delicateſſe a reçû d'aſſés beaux avantages de la nature, elle a la taille belle, & je ne ſçay quoy de jeune dans le viſage qui ne déplait pas, & s'étant levée pour ſe retirer quand elle nous aperçût, je remarquay dans ſa demarche une certaine negligence qui luy donnoit beaucoup de grace.

On voit en ſon viſage, une grande jeuneſſe,
Son eſprit eſt brillant, & plein d'enjoüement,
Enfin tout ce qui peut, rendre un objet charmant
Se rencontre en delicateſſe,
Et ſans ſa trop grande molleſſe,
Elle plairoit extrêmement.

Nous luy fîmes nôtre compliment qu'elle reçut avec aſſés de froideur, & je remarquay qu'elle n'étoit pas trop aiſe de nous recevoir dans ſa maiſon, & de peur de s'incommoder ; mais comme il étoit fort tard, nous fûmes contraints de nous y arrêter.

Nous en partîmes de grand matin pour aller à une Ville aſſiſe ſur une montagne aſſés proche. Le grand chemin qui y conduiſoit, étoit bordé de grands arbres, dont les écorcés étoient toutes gravées de chifres, ce qui me fit d'abord juger que nous allions dans un lieu où il ne faudroit pas faire long ſéjour. Ce chemin étoit rempli de perſonnes dont les uns alloient à cette Ville, & les autres en revenoient. Je remarquay cette difference entr'eux, que ceux qui alloient dans la Ville étoient extraordinairement enjoüés, leurs diſcours étoient pleins de flaterie, & leurs actions pleines de paſſion & d'emportement, ceux au contraire qui en revenoient paroiſſent extremement ſerieux, & je voyois dans leurs yeux une ſecrette confuſion qui témoignoit qu'ils n'étoient pas ſatisfaits de leur voyage. Je ne comprenois pas ce myſtere, lorſque l'Inconnu pour m'en inſtruire, aprenés, me dit-il, que cette Ville que vous voyés, s'appelle, Coqueterie, ces jeunes gens qui y courent avec tant d'empreſſement s'imaginent d'y trouver de grandes douceurs; mais ceux qui en ſont de retour, deplorent le temps qu'ils ont mal-heureuſement ſacrifié à des folies; c'eſt pour cela qu'ils ſont auſſi ſerieux que les autres paroiſſent enjoüés, & ceux-ci ſeront bien-heureux s'ils peuvent quelque jour ſe détromper comme les autres. Il faut du tems, lui dis-je, pour ſe deſabuſer de mille extravagances, on a beau nous repreſenter des verités

Coqueterie.

importantes à nôtre repos, les années nous en aprennent plus que toutes les instructions que l'on nous donne.

La vieillesse a beau nous prêcher,
On n'en croit pas à sa scionee,
Rien du tout ne nous peut toucher,
Que nôtre propre experience.

Il est vray repartit mon guide; mais enfin si on vouloit faire un peu de reflexion sur les extravagances où nous engagent nos passions, on rougiroit peut-être de ses propres foiblesses. Nôtre esprit ne concevra-il jamais que nos emportemens nous attirent du mépris, & que ces affections continuelles qui sont si communes au païs de Coqueterie ne servent qu'à nous rendre ridicules. Tout y est affecté, l'air, le port, & les paroles, & pour vous en donner plus de connoissance, si vous voulés, nous y ferons quelque ſéjour. Non, luy dis-je, bien loin de m'y arrêter, je n'y veux pas ſeulement paſſer, je ne ſuis pas aſſés curieux pour m'inſtruire des choſes que je n'aprouve pas, j'ay ſouvent oüy parler de ce païs là ; mais je n'ay jamais eu envie d'y aller, il ne m'a jamais plû, & je ne penſe pas qu'on puiſſe aimer un lieu où l'on renonce à la Religion.

En ce lieu, m'a-t'on dit, chacun s'en fait conter,
Autant les laides que les belles,
Et il ſuffit de les flatter,
Pour être bien venu prés d'elles.

Nous détournâmes dans une grande prairie pour ne pas paſſer dans la Ville, & aprés avoir fait aſſés de chemin, nous vîmes un grand jardin plein de fleurs, où les gens de Coqueterie vienent à la promenade. Je m'arrêtay un moment pour les conſiderer. Lorſque mon guide ſe tournant vers moy :

Regarde, me dit-il, prés de cette fontaine,
Diane, Cleonice, Amarante, Climene,
Doris, Sylvie, Aminte, Olimpe, Amarillis
Et tout proche l'agreable Philis,
Qui ſe promene ſeule à travers la prairie,
Pour mieux entretenir ſa douce réverie.

Noms ridicules des coquettes.

Je les conſideray un moment avec aſſés d'attention, & je pris ſur tout plaiſir, à obſerver, celle qui ſe promenoit toute ſeule.

Son port, ſon air, ſon action,
Marquoient beaucoup de paſſion,
J'en eus quelque envie de rire,
Et ne ſçeus m'empêcher de dire
Bon Dieu! qu'on eſt badin dans le pays Coquet,
Et qu'un lieu ſi méchant rend un eſprit malfait.

Je ne ſçus m'empêcher auſſi de rire de tous ces noms, & de me moquer de la folie du monde, & ſans nous arrêter davantage nous tournâmes nos pas d'un côté où le païs étoit plus couvert, parce que le Soleil commençoit à nous incommoder ; aprés avoir marché un peu de tems nous entrâmes dans un bois, où nous vîmes trois filles qui ſe promenoient, & qui furent un peu ſurpriſes de nôtre rencontre, leur vûë m'inſpira d'abord autant de reſpect pour elles, que j'avois conçû de mépris & de dégoût pour celles que j'avois vûës dans la prairie, & je ne pouvois me laſſer d'admirer un certain air que je n'avois reconnu qu'en elles. L'une avoit la mine franche & ouverte, on liſoit juſques dans le fonds de ſon ame, & on découvroit toutes ſes penſées. L'autre avoit la phiſionomie la plus douce & la plus innocente du monde, elle rougit auſſi-tôt qu'elle nous apperçût, & baiſſa les yeux pour ne nous pas voir. La troiſiéme étoit fort ſerieuſe ſans affecter neanmoins de la paroître. Son habit étoit ſimple, mais fort propre. Tout ce que je voyois en elies me plaiſoit, mais j'en eus encore plus d'eſtime quand je ſçus que c'étoient la ſimplicité, la pudeur, & la modeſtie. Je leur conſeillay de ne pas aller à Coqueterie de peur de corrompre leurs bonnes inclinations, & elles me répondirent avec un grand ſoûpir qu'elles n'avoient garde de s'y preſenter puiſqu'on les en avoit bannies, avec deffenſes d'y jamais entrer.

La ſimplicité, la pudeur, la modeſtie.

De-là nous continuâmes nôtre chemin à l'ombre des arbres, & nous décendîmes enfin dans un vallon fort ombrageux & fort épais. Je voyois là une confuſion d'aliées toutes obſcures, & écartées les unes des autres, quantité de Perſonnes s'y promenoient; mais ſeparément, chacun s'entretenoit avec ſes penſées. Je voulus entrer dans une de ces allées, & d'abord celuy qui y

étoit entra dans une autre, pour éviter ma rencontre. Au pied de cette vallée couloit un Ruisseau, dont l'eau est extrêmement claire; parce que son lit est plein de petites pierres, & d'un gros sable qui causent un petit murmure tout propre à rendre un esprit pensif & melancolique. Aussi je voyois sur le bord quantité de personnes couchées sur l'herbe, & assés éloignées les unes des autres qui ne disoient pas un mot. A quelques pas de là paroissoit un Château qui n'avoit rien d'agréable au dehors, & dont quelques ruines montroient qu'il n'étoit pas habité, ou du moins que ceux à qui il apartenoit en avoient peu de soin. Je ne comprenois pas d'où venoit ce grand silence & cette humeur réveuse, lorsque mon Guide me dit
La réverie. que c'étoit le séjour de la Réverie,

que ce Château lui apartenoit ; & qu'elle avoit choisi cette demeure comme un lieu tout-à-fait conforme à son humeur. Tandis qu'il me parloit je tournay les yeux du côté du bois, & je la vis venir droit à nous dans une allée couverte. Nous ayant apperçû, elle voulut se détourner pour éviter de nous parler ; mais je courus après elle, de sorte qu'elle fut obligée de s'arrêter & de m'attendre. Je vis une fille assés maigre & fort serieuse, & toûjours plongée dans les pensées qui l'occupent ; elle arrête ses yeux sur le premier objet qui se presente ; mais elle ne le voit pas, quoi qu'il semble qu'elle le considere avec grande attention ; Elle regarde tout sans rien voir, elle paroît assés recüeillie, & ne trouve point de plus agréable entretien que ses pensées. Je sentis d'abord quelque ſimpathie pour elle, il me ſembloit que ſon humeur ne s'accordoit pas mal avec la mienne, je voulois gagner ſon amitié, & je luy dis pour cela cent choſes obligeantes; mais elle ne répondoit preſque pas, & le peu de paroles que j'en tirois étoient dites fort mal à propos. Je ne pûs m'empêcher d'en rire, ſur tout de la derniere réponſe qu'elle me fit quand je lui parlois de la beauté de la ſolitude.

Car comme je parlois encor
Elle me répondit; mais tout à la traverſe,
Que le puiſſant Sophy de Perſe,
Feroit en peu de tems, la guerre au grand Mogol.

Elle avoit avec elle le ſilence qui l'aidoit à marcher, il eſt tel que la Peinture le repreſente, il faiſoit quelques grimaces des yeux, & tenoit un doigt ſur la bouche. Comme je vis que je ne pouvois tirer raison de l'un ny de l'autre, je les quittay, & voulus entrer dans une allée pour y rêver, comme les autres; mais l'Inconnu me retint, disant qu'il ne falloit pas demeurer plus long-tems en ce lieu-là, parce que Rêverie est une des plus fâcheuses ennemies de la Vertu, & peut-être celle qui luy est la plus contraire. Je luy obéïs, nous sortîmes de ce desert, & en passant il me fit prendre garde à une grotte fort obscure & couverte de feüillages qu'il me dit être la demeure du silence. Le silence.

De Rêverie nous allâmes à Amusement qui est fort proche de là, c'est un des plus jolis lieux que j'aye vû dans nôtre voyage, il est petit; mais fort agreable, il est situé dans une grande prairie où l'on voit quantité de petits ruisseaux, & quelques bocages. Toutes les maiſons y ſont bien bâties, & ont toute ſorte d'ornemens au dehors. On voit de grands baſſins & des jets d'eau dans toutes les places, & je puis dire que l'on trouve à Amuſement des curioſités que l'on ne voye peintes dans les plus belles Villes.

L'Amuſement.

On y voit tant de raretés.
De differens objets, & de varietés
Que l'humeur la plus triſte y peut ſe ſatifaire,
L'eſprit le plus bizarre, & le plus languiſſant,
Y trouve des ſujets capables de luy plaire,
Et de quoy divertir, le chagrin qu'il reſſent.

Le maître de ce Village eſt fort jeune, il perd la plus grande partie de ſon tems à conſiderer la premiere choſe qui ſe preſente à ſes yeux, le moindre objet arrête ſes penſées. Je ne m'ennuyois point dans ce lieu-là, & j'avois envie d'y paſſer le reſte du jour, lorſque mon conducteur me dit qu'il falloit aller jusques à Négligence. Nous y arrivâmes d'assés bonne heure, c'est un lieu presque desert, les habitans y sont faineans, les terres d'alentour y sont inutiles, & steriles, & je fus surpris de ne trouver pas un artisan en tout le Village. On n'y travaille point, les maisons y sont mal-bâties & negligées. En y arrivant nous vîmes tout le monde dans les Ruës sans aucune occupation, je ne m'en étonnay pas, & mon Guide qui sçavoit parfaitement tout le païs, me dit qu'on ne se gouvernoit pas à Negligence comme dans les autres, on y passe le jour à dormir, & la nuit à joüer & à se divertir. Voicy ce qu'il m'en aprit.

La Negligence.

Lorsque la nuit sortant de ses cavernes sombres,
Verse dans l'Univers, le repos & les ombres,
Quand le Soleil se cache, & que le jour s'enfuit,
Que par toute la terre on n'entend plus de bruit,
Que le silence regne, & que chacun sommeille
A Negligence on veille.

Lorsque dans l'Orient, le Soleil de retour,
Chasse l'obscurité pour faire place au jour,
Que l'esprit le plus lâche excitant son courage,
Pour n'être pas oisif, retourne à son ouvrage,
Qu'on s'occupe par tout avec plus grand effort
A negligence on dort.

Lorsque chez les voisins, tout demeure tranquille,
Que l'on n'oseroit pas, dire un mot inutile,
Que la loy du païs, interdit l'entretien.
Que tout est dans le calme, & qu'on n'entend plus rien,
Que dans les autres lieux, on garde le silence,
On cause à Negligence.

Je n'aprouvay pas les maximes de ce lieu-là, & ce ne fut que par contrainte que nous y passâmes la nuit. En nous retirant la Dame à qui étoit le Village vint à nous, & nous fûmes obligés de lui faire civilité. Negligence est une personne qui n'a rien de beau, elle a la taille petite, son air est desagréable, son action negligée & ses habits mal propres, & pour ne rien deguiser.

Son air affoiblissant, sa parole tremblante,
Ses regards languissans, & sa demarche lente,
Ses cheveux mal peignés, & ses yeux sans éclat,
Me la firent paroître, en si mauvais état,
Que j'en eus du dégoût si-tôt que je l'eus vûë:
Elle qui le connut, se cacha de dépit,
Je ne regarday point le chemin qu'elle prit,
Ny ce qu'elle étoit devenuë.

On nous mit coucher dans une Chambre mal propre où toutes choses étoient mal arrangées, aussi dés que le jour parut nous partimes pour nous rendre ce jour-là à Inconstance. En allant nous passâmes par Tiedeur, c'est une maison si mal bâtie que je ne voulus pas y entrer, & la maîtresse qui en porte le nom étant sortie par hazard ne me donna pas plus d'envie de m'y arrêter. C'est une fille fort laide; mais qui fait pourtant la dedaigneuse, vous diriés que tout est indigne d'elle, rien ne la contente, elle fait la précieuse, & cependant c'est la plus desagréable personne du monde.

La tiedeur.

Pour vous dire en un mot, ce que c'est que Laideur
Deux vers vous en feront, la peinture fidelle,
Oronte ? l'on ne peut, jetter les yeux sur elle,
Sans qu'elle fasse mal au cœur.

La jalousie.

Proche de là paroissoit un bois où il falloit passer ; après y avoir marché quelque tems nous trouvâmes un endroit fort épais que l'Inconnu me dit être le séjour de la jalousie. On y voit en tout tems des broüillards qui ne se dissipent point, c'est ce qui est cause qu'on y découvre toûjours les choses autres qu'elles ne sont. La Jalousie ne se montra point, soit qu'elle fût occupée ailleurs, ou qu'elle eût honte de paroître ; Elle n'ose presque pas se faire voir ; elle rougit quand on l'observe, elle fait ce qu'elle peut pour se déguiser ; mais il est toûjours aisé de la reconnoître. J'apris qu'elle ne se donnoit jamais de repos, qu'elle passoit sa vie à se tourmenter, & que quand elle

elle n'avoit pas de veritables sujets de s'inquieter, elle en cherchoit d'imaginaires. Je remarquay que sa maison étoit percée de tous côtés, & qu'on voyoit aisément tout ce qui se faisoit au dehors. Autour de sa maison étoient quantité de petites grottes d'ou je vis sortir en foule les soupçons, ce sont des enfans mal-faisans, qui ont les yeux troublés, & le visage fort pâle. La curiosité me prit de visiter plus particulierement ce desert, lorsque mon Guide pour m'en empêcher me remontra qu'il étoit tard, & que ce n'étoit pas la ou il falloit passer la nuit, parce qu'on n'y dormoit point. Je le suivis, & en continuant nôtre chemin, je vis la Jalousie couchée sur l'herbe au pied d'un arbre, son visage maigre, & défait me fit compassion, & sa vûë me confirma ce

Soupçons

que j'en avois autrefois oüy dire.

Son eſprit inquiet eſt toûjours plein d'ombrages ,
Ses ſoupçons importuns deviennent ſes Tyrans ,
Ils font voir à ſes yeux , des Phantômes errans
Et mille confuſes images
Qui jettent dans ſon cœur , cent chagrins diferens.

Je ne m'amuſay pas à l'entretenir ; car outre que les triſtes penſées qui l'occupoient , ne luy auroient pas permis de me répondre , il ne reſtoit de tems que ce qu'il en falloit pour arriver à Inconſtance. Nous quitâmes donc le bois , & en ſortant nous entrâmes dans un païs de ſable qui nous faiſoit beaucoup de peine à marcher. Aprés cela nôtre chemin nous conduiſit dans un bocage où les vents donnoient inceſſamment, les feüilles des arbres y ſont dans une agitation continuelle, le tems y change à tout moment ; Tout cela me fit

L'Inconſtance.

juger que nous n'étions pas loin d'Inconstance. En effet je decouvris fort prés de nous un Château bâti sur le sable au bord d'une Riviere assés rapide. Je tournois mes pas de ce côté-là lorsque j'aperçûs la maîtresse de ce Château qui sortoit pour aller à la promenade. Je ne sçaurois pas bien vous dire comment elle est faite, parce qu'à tous momens elle change d'air & de visage, elle n'arrête jamais en une place, ou si elle s'arrête quelquefois un instant, elle marche aprés si vîte que ceux qui l'accompagnent ne sçauroient la suivre. Quand elle donne quelque ordre on ne se hâte pas de l'executer, parce que d'ordinaire elle change d'auis. Sa maison n'est pas achevée, on y travaille incessamment; mais on ne fait jamais rien qui luy plaise. Avec tout cela elle a quelque chose de fort agreable, & si elle avoit un peu moins de legereté, elle l'emporteroit sur beaucoup d'autres.

Dans les traits du visage, elle n'a rien de laid,
Elle a même en son port, quelque chose qui plait;
Mais son air inconstant la rend desagréable
Un peu de fermeté luy sieroit beaucoup mieux
Et la rendroit bien plus aimable,
Que cet éclat si vif, qui brille dans ses yeux.

Celuy qui l'aidoit à marcher avoit assés bonne mine, il me fit d'abord un visage assés doux; mais un moment aprés il prit un air fort serieux, je demanday à mon Guide, qui il étoit, & il me dit qu'il se nommoit Changement. Elle avoit aussi à sa suite une fille fort jolie, qui avoit dans les yeux une vivacité extraordinaire ; mais on y voyoit beaucoup de legereté; car ils ne s'arrêtoient jamais sur un même objet. Comme elle me vit approcher, elle avança quelques

Le Changement.

pas pour me parler, & puis elle se retira sans rien dire; Elle tenoit des tablettes ou elle écrivit quelques paroles, & en même tems les effaça & comme j'étois en peine de sçavoir son nom. J'apris qu'elle s'apelloit Irresolution.

Je ne m'arrêtay pas long-tems avec des personnes si volages, & je me retiray dans un endroit du bois fort épais à dessein d'y passer la nuit, car la Saison étoit belle, & la lune fort claire. Je me couchay sous un arbre; & l'Inconnu à quelques pas de moy, je commençois à m'endormir lorsque j'entendis une voix assés proche de nous, dont la douceur me charma l'oreille. En verité je n'ay jamais rien oüy de plus agréable; c'étoit une fille qui combattoit entre la grace & la nature, & qui exprimoit par la naïveté de ses paroles,les divers ſentimens qui naiſſoient dans ſon eſprit. Voici ce qu'elle chantoit, les vers ne ſont pas bien reguliers ; mais ils ſont aſſés bons pour une chanſon ; je trouvay l'air ſi joli que j'ay tâché de me ſouvenir des paroles.

Je le ſçay bien, la vertu eſt aimable,
Mais ſa rigueur, la rend deſagréable.

Je n'aime pas, je ne le ſçaurois taire,
Sa dureté ni ſon viſage auſtere.

Dés qu'un eſprit deſſous ſa loy s'engage,
Sa belle humeur devient toute ſauvage.

Ou ſi elle a quelque choſe de tendre,
Hà ! croyés-moy, qu'elle le ſçait bien vendre.

Pour accomplir ce qu'elle nous inſpire.
Il faut paſſer ſes jours dans le martyre.

Quoy donc toûjours être dans la contrainte
J'aime bien mieux, ne paſſer pas pour ſainte.

Si pour le moins, elle vouloit permettre,
Quelque douceur, on s'y pourroit ſoûmettre.

Mais que d'abord, on ſe rende inſenſible,
Ha ſans mentir, je le trouve impoſſible.

Helas vertu ! que tu parois cruelle ,
Change ta loy , elle en ſera plus belle.

Va , laiſſes-moy , ſuivre mes deſtinées ,
Je te promets , mes dernieres années ,

Pour nous gagner, tu as beau nous promettre,
Je ne ſçay , quoy qu'on ne voit point paroître.

On ne voit pas la gloire qu'on merite ,
Mais on voit bien, la douceur que l'on quitte.

On n'eſt à toy qu'en mourant à ſoy-même ,
Ha c'en eſt trop , ta rigueur eſt extrême.

En achevant ces dernieres paroles elle ſe teut , ſoit pour ſe repoſer ; ou plûtôt pour donner paſſage à ſes ſoupirs , & laiſſer couler ſes larmes. Je vous avoüe que la tendreſſe de ſes paroles jointe à la douceur de ſa voix me toucherent, & je compatiſſois ſenſiblement à la [illegible]e de cette Inconnuë , lorſqu[illegible] ecommençant de chanter , elle me donna autant de joye par ſes dernieres paroles qu'elle m'avoit inſpiré de compaſſion par les premieres. Voici ce qu'elle chanta en reprenant le diſcours qu'elle avoit interrompu.

Con-verſion à la vertu.

Il faut pourtant ſe reſoudre à te ſuivre,
C'eſt cette mort, qui nous doit faire vivre.

Hé bien Vertu ! tu ſeras ſatisfaite,
Mon pauvre cœur à t'obéïr s'aprête.

Mourons ! mourons, la Vertu nous l'ordonne,
Et meritons par là nôtre Couronne.

Adieu plaiſirs ! enfin je vous mépriſe,
D'une autre ardeur, je ſens mon ame épriſe.

Pour arrêter un cœur dans l'eſclavage,
Vous n'avés rien qui ne ſoit trop volage.

En un moment on vous voit diſparoître,
Et vous mourés en commençant de naître.

Si d'abord vous flatés par vos charmes,
Bien-tôt aprés, que vous cauſés de larmes.

C'eſt trop long-tems vivre, ſous vôtre Empire,
N'eſperés plus qu'aprés vous je ſoûpire.

Ne pretendés plus rien ſur ma perſonne,
Retirés-vous, quand je vous abandonne.

La croix déplait, hé bien je le veux croire,
Mais tout eſt doux, quand on aime la gloire.

Allons, allons, où le Ciel, nous apelle,
Non, non, mon cœur; ne soyés point rebelle.

J'entens sa voix, il faut que je réponde,
Ha c'en est fait, je ne suis plus du monde.

Pleurés mes yeux! mon sort vous y convie,
Vous n'aurés plus de plaisir dans la vie.

Les soûpirs qui sortirent en foule de sa bouche, aprés ces paroles étoufferent sa voix, je n'entendis plus rien; mais je fus ravi de ce que malgré ses repugnances elle suivoit enfin le parti de la grace. Aprés cela, je pris un peu de repos, & dés qu'il fut jour l'Inconnu me fit sortir d'Inconstance; car il s'aperçût que je commençois à participer aux qualités du lieu où j'étois, mon esprit pensoit déja au changement, je ne songeois plus que je devois aller voir la Vertu, & pour vous dire la verité cette demeure ne me deplaisoit pas.

Je m'y trouvois si bien, qu'il me prenoit envie,
D'y passer doucement, le reste de ma vie.

Nous ſortîmes donc d'Inconſtance, & aprés avoir marché environ trois heures dans un païs le plus divertiſſant du monde, nous vîmes ſur une éminence un Château fort magnifique, & j'apris que c'étoit le Séjour des Graces.

Le ſéjour des Graces.

Elles ſe ſont logées ſur cette montagne pour être vûës de tous côtés parce que tout le monde a beſoin de recourir à elles. Mon Guide me dit que le Palais de la Vertu étoit au deſſous de cette éminence dans un vallon couvert d'un bois fort épais, & qu'elle avoit choiſi ce lieu-là, parce qu'elle prend plaiſir de ſe cacher. Je ſentois à ces paroles une joye interieure qui me tranſportoit, & je marchois avec tant de precipitation qu'il étoit aiſé de remarquer l'impatience que j'avois d'arriver dans un lieu où je devois borner mon voyage. Nous trouvions dans le chemin toute ſorte de gens qui avoient le même deſſein que nous ; mais ils ſe rebutoient de leur voyage, parce, diſoient-ils, qu'il ſembloit que le Palais de la Vertu s'éloignoit d'eux, & qu'on n'y pouvoit jamais arriver. Une Perſonne entr'autres, qui ſe repoſoit ſous un arbre ou il étoit couché ſur l'herbe, me parlant aſſés haut comme je paſſois.

Arrête, me dit-il, à quoy bon tant marcher,
Tu ne trouveras pas ce que tu vas chercher,
Je ſçay que la Vertu demeure dans cette Iſle,
Mais de la rencontrer, il eſt trop difficile.
Depuis long-tems je cherche, & ne la trouve pas
Et c'eſt ce qui me fait, borner ici mes pas.
Ne te flattes donc point, d'une eſperance vaine,
Tu marcheras long-tems, & tu perdras ta peine,
Ceſſe de te donner, tant de ſoins ſuperflus,
Arrêtons-nous tous deux, & ne la cherchons plus.

Je regarday cet homme avec beaucoup de mépris ſans m'arrèter à ce qu'il me diſoit, & je connus à

Depit. ſa mine que c'étoit le Dépit ; J'entray dans un petit bois ſi épais qu'il étoit mal-aiſé de bien diſcerner les objets, je vis pourtant quelques paroles gravées ſur les arbres, & m'étant aproché pour les lire je trouvay que c'étoit des ſatires. En même tems j'entendis du bruit derriere moy, & jettant les yeux de ce côté-là, je vis une fille aſſés mal vêtuë qui couroit, & parloit toute ſeule, en courant, elle paſſa ſi vîte que je ne ſçaurois pas vous dire comment elle eſt faite, je remarquay ſeulement qu'elle a la bouche grande & les yeux rudes, & jettant la vûë ſur moy.

Celle que tu vas voir, me dit-elle en paſſant
Eſt indigne de ta viſite,
Mille gens qui l'ont vû la trouvent ſans merite,
Et comme elle n'a rien, qui ſoit divertiſſant,
Quand on la connoit on la quitte.

Medi-ſance. Je connus par ces paroles que c'étoit la Mediſance, auſſi je ne fis pas reflexion

reflexion ſur ce qu'elle diſoit, je pourſuivis mon chemin, & aprés avoir marché juſques au ſoir dans une plaine à l'ombre de quelques arbres, nous arrivâmes au pied de la montagne où étoit le Château des Graces. J'en aperçûs quelques-unes qui étoient ſorties; mais elles ſe retirerent d'abord qu'elles nous virent; je courus aprés elles avec beaucoup d'ardeur; car j'avois oüy dire que pour les gagner il falloit de l'empreſſement, & que la moindre indifference les rebutoit. Les Graces ſont des perſonnes bien-faites & fort agréables; mais elles ſont fort retirées, & ne ſe montrent que rarement, elles ſont pleines d'eſprit, & ſi éclairées qu'elles decouvrent à leurs amis mille belles verités que les ſçavans du monde ne penetrent pas. Elles

Empire des Graces.

n'ont rien de groſſier ny de terreſtre, leur extraction eſt Divine, & conſervent beaucoup d'amour pour le lieu de leur origine. C'eſt ce qui les rend un peu ſerieuſes, elles connoiſſent ce qu'elles valent, & ne ſe montrent qu'aux gens qui les eſtiment : Elles ont l'adreſſe de captiver la plus fine liberté ſans la contraindre, elles lient leurs captifs ; mais ils aiment leurs chaînes, & par un bonheur bien doux leurs eſclaves ſont heureux, & les cœurs qui s'affranchiſſent de leurs ſervitudes tombent dans un eſclavage déplorable. Il s'en trouve même parmi elles de ſi parfaites que perſonne n'a jamais encore reſiſté à leurs attraits, elles font autant de conquêtes qu'il leur plaît, & ſur tout j'en vis une qui porte le nom de victorieuſe, parce qu'elle n'attaque jamais sans vaincre, & que les ames les plus rebelles fléchissent avec plaisir sous le pouvoir de ses charmes.

Ces illustres beautés, dont parlent les histoires:
Qui rangeoient sous leurs loix les plus fameux vainqueurs.
Jamais par leurs appas, n'ont touché tant de cœurs.
Que cette seule Grace a gagné de victoires.

Et pour vous découvrir l'artifice innocent dont elle se sert pour vaincre.

Elle porte ses coups au cœur,
Elle l'attaque, elle le presse,
Mais c'est avec tant de douceur,
Qu'au lieu d'accuser sa rigueur,
Il aime la main qui le blesse.

Je me souvins en la voyant de luy avoir obéï plusieurs fois en ma vie; & d'avoir toûjours eu beaucoup de respect pour elle, aussi me fit-elle un visage assés riant, & même elle s'offrit de me conduire

Victoire de la grace.

à la Vertu aprés qu'elle m'auroit fait voir les curiosités de sa maison ; car c'est elle proprement qui en est la maîtresse, quoy que toutes ses sœurs y logent avec elle. J'en vis une à qui une infinité de Personnes de toutes conditions faisoient la cour ; mais dans cette foule je voyois aussi quantité de gens qui se retiroient d'elle, avec beaucoup de dedain, elle tâchoit de les retenir par mille promesses ; mais voyant qu'elle ne gagnoit rien, elle les abandonnoit à leurs desirs, & ne se mettoit plus en peine de leur conduite. J'apris que c'étoit cette grace qui persuade à ses favoris de sortir du monde pour entrer dans la solitude ; & qu'on l'apelloit la Grace de Vocation. Elle exhortoit à la Constance ceux qui s'attachent à sa suite, & leur promettoit de grandes felicités; mais ses promesses n'empêchoient pas qu'une partie de ceux qui d'abord avoient témoigné grand empressement, ne quittassent ses interêts pour prendre un autre parti. Il y en avoit même, qui aprés une fidelité de plusieurs années devenoient Inconstans, je déplorois leur malheur, & je compatissois tendrement à leur infortune. Que de travaux perdus, disois-je, que de peines inutiles? faute d'un peu de fermeté.

Mille gens animés, d'un genereux transport,
Témoignent d'abord du courage.
Mais ils font dans la suite un mal-heureux naufrage,
Assés proche du port.

J'en vis une autre plus heureuse que celle-ci dans ses conquêtes. Au lieu de s'éloigner d'elle on y couroit avec ardeur, elle distribuoit à tous des couronnes qui à la la verité n'étoient pas également riches ; mais elles étoient assés belles pour contenter leur ambition, chacun étoit satisfait de sa Recompense, & n'envioit point celle des autres ; Elle disoit ces paroles en les couronnant.

Triomphe de la Grace perseverãte.

Venés cœurs genereux ! recevoir la couronne,
Vous l'avés meritée, & le Ciel vous la donne,
Il veut que vous soyés enfin recompensés,
Oubliés les tourmens, les perils, les alarmes,
Joüissés de la paix, & essuiés vos larmes,
Vos travaux sont passés.

Vous voyés bien que c'étoit la Grace de la Perseverance, son air m'en donna d'abord des conjectures ; car elle a la mine grande & serieuse, on ne voit rien en son visage qui ne marque une fermeté & une constance admirable.

Je regardois ces couronnes avec plaisir, & je sentois naître dans mon cœur une extrême passion d'en meriter une, lorſque la grace victorieuſe me fit entrer dans une grande ſalle ou je vis une infinité de tableaux qui repreſentoient ces Illuſtres Penitens qu'elle avoit converti; J'admirois ſes grandes conquêtes, lorſqu'elle me fit paſſer dans un Cabinet orné de quantité d'emblèmes qui exprimoient aſſés naïvement les effets de la grace. Je ne me ſouviens pas de tous; mais en voici quelques-unes qui me ſont demeurées dans la memoire. Je me contenteray de rapporter le corps de l'emblême & les paroles, vous en ferés vous-même l'aplication.

Devi-ſes des Saints

Le premier avoit un Soleil dans ſon midi, avec ces paroles : *Luſtrat & accendit.* Il éclaire & il échauffe.

Dans un autre paroiſſoit une brebis à qui on montroit un rameau de feüillage avec ces paroles. *Tracta quidem , ſed ſponte tamen.* Il eſt vrai qu'on l'attire ; mais c'eſt ſans contrainte.

Un autre avoit un jet d'eau qui tomboit dans un baſſin & de là ſe répandoit dans une prairie. Les paroles étoient. *Mundat & aſpergit.* Elle nettoye & arroſe.

Dans un autre étoit un Soleil naiſſant avec ces paroles : *Is tenebras naſcendo fugat.* Si-tôt qu'il paroit , il diſſipe les tenebres.

Un autre étoit compoſé d'un grand feu d'où ſortoient des metaux fondus , les paroles diſoient. *Duriſſima mollit.* Il amollit les choſes les plus dures.

Dans une autre paroiſſoit une hermine couchée ſur des fleurs , avec ces paroles. *Sordida quæque fugit.* Elle fuit toute ſorte de ſoüillure.

Je ne me ſouviens pas des autres,

mais en voila assés pour vous faire juger que je pris beaucoup de plaisir dans ce Cabinet. De-là elle me mena dans une grande galerie toute garnie de tableaux où l'on avoit peint ces fameux Penitens que la Grace avoit dérobé à la volupté. Je vis un David humilié, avec ces paroles. *Vincit quoque gratia Reges.* La grace triomphe des Rois, comme des autres hommes.

Je vis un S. Paul terrassé, & pour marquer sa défaite, on avoit écrit ces mots : *Non armis sed voce repressus ;* C'est une voix qui l'a vaincu & non pas les armes.

Je consideray S. Augustin que l'on avoit representé dans un jardin ou il se convertit aprés tant de resistance, les paroles disoient : *Post tot certamina victus ;* Aprés tant de combats il est enfin vaincu.

Je regarday avec plaisir sainte

Magdelaine dans ſon deſert, elle jettoit des yeux languiſſans ſur un Crucifix qu'elle tenoit à la main avec ces paroles. *Gravis eſt abſentia amanti.* L'abſence eſt fâcheuſe quand on aime.

On voyoit dans un autre tableau ſainte Pelagie avec un viſage tout moüillé de pleurs. Les paroles diſoient. *Lachrimis oculi ſua crimina delent.* Ses yeux effacent par leurs larmes les crimes qu'ils ont commis par leurs attraits.

J'attache auſſi ma vûë ſur ſainte Marie d'Egypte que l'on avoit repreſentée telle qu'elle étoit à la fin de ſa penitence, je lûs ces paroles. *Nunquam pulchrior aſpectu.* Jamais elle ne parut ſi belle.

Je conſiderois ces Peintures avec grande attention, quand on m'obligea de ſortir pour paſſer dans un païs couvert qui menoit au Palais de la Vertu. En approchant nous laissâmes à côté un grand bâtiment qui paroissoit magnifique ; mais qui n'étoit pas achevé. Je demanday à qui il étoit, & je sçûs de nôtre conductrice qu'il appartenoit à trois sœurs qui font une guerre continuelle à la Vertu. Elles se nomment ambition, vanité, & presomption, il y a long-tems qu'elles ont entrepris de bâtir leur maison ; mais elle ne sera jamais achevée parce que pas une des trois n'a assés de prudence pour conduire un dessein. La presomption en a jetté les fondemens ; mais ne prevoyant pas qu'elle entreprenoit au dessus de ses forces, elle abandonna tout devant que les fondemens fussent hors de terre. La vanité se promettoit de continuer, & en effet elle a

S. P. Ambition, Vanité, Presomption oposées à la grace

élevé tout ce qui paroit, mais tout y est irregulier, elle ne s'attache qu'aux ornemens exterieurs & pourveû que les dehors en soient beaux, elle neglige le reste. L'ambition qui ne conçoit que de grands desseins, parle toûjours d'abattre ce qui est fait pour commencer un plus superbe ouvrage, ainsi cette maison ne sera jamais dans sa perfection.

Tout proche delà, dans un lieu sombre & caché, paroissoit une maison basse & sans ornement que l'on me dit apartenir à l'Humilité. Nôtre conductrice qui vouloit m'instruire de tout m'aprit que la maîtresse de ce petit logis resistoit toute seule à ses trois ennemies, quoi qu'elle n'eût aucune suite; elle a déja, nous dit-elle, remporté mille victoires sur elles, & elle a jetté une telle terreur dans leur esprit

esprit qu'elle n'a qu'à se montrer pour les vaincre.

Ainsi jamais la Vanité,
Qui se vante d'être guerriere,
Avec sa mine brave & fiere,
N'a sçû vaincre l'humilité.

En continuant nôtre chemin nous entrâmes dans une grande allée bordée d'arbres qui menoit au Palais de la Vertu. En approchant je sentois croître ma joye, & nous étions fort proche de la maison quand je vis venir à nous une grande femme qui de loin paroissoit assés belle; mais qui de prés étoit fort laide. Je connus d'abord qu'elle se contraignoit dans son port, & qu'elle affectoit un air qui ne luy étoit pas naturel. La grace, qui nous conduisoit se cacha pour luy laisser la liberté d'approcher; car, dit-elle, si elle m'apperçoit elle prendra la fuite. Cette femme s'en vint donc droit à nous, j'attache mes yeux ſur elle avec aſſés d'attention, & en même tems comme ſi elle eût eu peine à ſoûtenir ma vûë, je remarquay du trouble dans ſon viſage; j'en devinay bien-tôt la cauſe; car c'étoit une vieille laide qui voulant encore faire l'agreable s'étoit fardée pour paroître ce qu'elle n'étoit pas. En un mot c'étoit l'hipocriſie. Elle étoit aſſés bien parée; mais elle n'en paroiſſoit pas moins ridicule, & elle s'aperçût par un ſouris que je fis que je commençois à me moquer d'elle, au lieu d'en avoir de la confuſion elle raſſura ſon viſage, & me regardant d'un air aſſés fier, tu penſes, me dit-elle, me faire un afront en me mépriſant; mais ſçache que je trouve aſſés de gens qui m'eſtiment, & ſi je ne puis me faire considerer de tout le monde, je gagneray pour le moins assés d'autorité sur les esprits foibles. Tu m'as reconnu toute déguisée que je suis; mais il se trouve assés de monde qui me prend pour la Vertu, dont je ne suis qu'une laide figure, je tâche d'imiter ses actions & son visage; mais à la verité je n'y réüssis gueres bien, car les esprits éclairés découvrent d'abord mes grimaces. La vertu a des charmes que je n'ay pas, & tout ce que je puis faire pour attirer un peu d'estime, c'est d'imiter son exterieur; mais je ne me presente pas devant elle; car il y a une si grande difference entre nous que je parois horrible en sa presence.

Je marche incessamment, autour de son Palais,
J'en garde les dehors, mais je n'entre jamais,
Nous ne pouvons loger, ni compatir ensemble,
Ceux qui n'ont pourtant pas les yeux si penetrans,

Jureroient que je luy reſſemble,
Mais les plus éclairés découvrent ce me ſemble,
D'abord entr'elle & moy, des traits bien differens.

Elle diſparut aprés ces paroles, & nous trouvâmes une autre allée qui nous conduiſoit enfin au lieu que j'avois tant d'envie de voir. Il eſt en verité le plus charmant du monde, la ſituation en eſt belle, l'air y eſt pur, & la campagne d'alentour toute riante. On y voit quantité de bocages & de Cabinets de verdure où les contemplatifs vont ſe delaſſer de leurs occupations ſerieuſes. Les dehors de cette maiſon ſont magnifiques, on voit quantité de grandes colomnes de marbres poſées à égale diſtance entre leſquelles paroiſſent les Vertus, dont chacune tient ſous les pieds le vice qui lui eſt oppoſé dans les chaînes. Mais pourquoy m'amuſerois-je à vous parler de ces ornemens exterieurs; c'est assés que je vous dise que ce Palais est digne de la Vertu, & que je le considerois avec un extrême plaisir, lorsque jettant les yeux sur la porte. Je lûs ces paroles au dessus.

Nec vidisse sat est,
Il ne suffit pas de le voir.

Sans doute, dis-je, il y a quelque chose de bien agréable au dedans; puisque les dehors en sont si superbes, & sans attendre plus long-tems j'entray avec empressement & je me senty tout d'un coup penetré d'une joye interieure qui me fit oublier toute la peine que j'avois eu dans mon voyage. L'Inconnu qui ne m'avoit point quitté depuis nôtre entrée dans l'Isle, ne pût aussi contenir les transports qui le ſaiſirent, ny s'empêcher de prononcer aſſés haut ces paroles.

Mon cœur? ne penſes plus gemir de vos malheurs
Ny vous auſſi mes yeux? ne verſés plus de larmes
Un ſejour ſi rempli de charmes.
A pû dans un moment effacer mes douleurs,
Si je ne ſuis heureux, je commence à connoître,
Que je ſuis en état de l'être.

Nous paſſâmes dans une grande ſale où je fus ſurpris de voir des gens de toutes les Nations du monde; car il faut que vous ſçachiés, Oronte, que l'on aborde dans ce Palais de toutes les parties de la terre : Il ſe trouve par tout de veritables devots; mais le nombre n'en eſt pas bien grand, c'eſt pourquoi ce Palais tout petit qu'il eſt, eſt aſſés ſpacieux pour contenir toutes les perſonnes qui y veulent demeurer. Je jettay d'abord les yeux ſur la Vertu qui étoit dans ſon thrône; mais en même tems ſon éclat m'éblouiit,

& je vous avoüe, que je n'osay plus lever mes regards sur elle, le respect tint toûjours ma vûë attachée à la terre. Sans mentir je n'ay jamais rien vû de si beau, c'est une Princesse si aimable qu'elle inspire de l'amour à tous ceux qui la voyent, & si vous l'aviés vû vous-même, je suis assuré que vous auriés de la veneration pour elle.

Si-tôt que je la vis, mon cœur devint sensible,
Ses regards sçeurent m'enflammer.
Et je m'aperçûs bien, qu'il étoit impossible,
De la connoître sans l'aimer.

Son air majestueux donne du respect à tout le monde, & on remarque en sa personne, je ne sçay quoy de grand & de noble qui surprend merveilleusement ceux qui en approchent. Je sentois continuellement redoubler ma joye, &

n'osant pas la faire paroître, je disois tout bas.

Mon cœur? soïés honteux, d'avoir tant combattu;
Vous ne sçauriés plus vous deffendre.
C'est à ce coup qu'il vous faut rendre,
Aux doux apas de la Vertu.

Pourquoi m'en deffendre, disois-je ensuite, je trouve mon bonheur dans cet engagement, elle a des attraits pour moy, je veux avoir de la soûmission pour elle.

C'est une agréable Princesse,
Qui veut être aimée à son tour,
Elle a pour moy de la tendresse,
J'auray pour elle de l'amour.

Elle m'avoit tellement charmé que je ne sentois plus aucun attachement pour les choses du monde, & je me disposois à luy faire des protestations d'une éternelle fidelité, lorsque l'Inconnu me prevint, & tout ravi de se voir une seconde fois dans un lieu d'où il avoit tant de regret d'etre sorti quelques années auparavant, il regarda la Vertu avec un visage plein de respect & de confusion.

Et sans attendre davantage,
Se mettant d'abord à genoux,
D'un ton aussi triste que doux,
Il lui tint ce tendre langage.

Puisque le Ciel m'a fait aborder ce Palais,
Où regnent le repos, l'innocence & la paix,
Et qu'aprés avoir pris, tant de peine inutile
Sans pouvoir retrouver le chemin de cette Isle,
Le destin a voulu quand je n'y pensois pas
Pour finir mes langueurs conduire ici m[illegible]
Je vais vous raconter le sujet qui m'ame[illegible]
Et vous dire mes maux, pour soulager ma pei[illegible]
Depuis long-tems, je souffre un tourment sans égal;
Et je ne connois par la cause de mon mal,
Si je vais me cacher dans une solitude
J'y porte la noirceur de mon inquietude
Si pour me soulager, je cherche à discourir,
J'augmente ma douleur, au lieu de la guerir,
Je sens parmi ma joye une tristesse étrange
Je ne goutte jamais de plaisir sans mélange,
Et un fonds de chagrin qui me suit en tous lieux
Quand je me divertis, se fait voir dans mes yeux
Je crois à tous momens, que j'aperçois une ombre
Il se presente à moy, je ne sçay quoy de sombre

Dont la triſte noirceur, redouble mes ennuis
Et par là vous voyés, en quel état je ſuis,
Dans ce profond chagrin, j'aborde dans vôtre Iſle
Vous pouvés m'aſſiſter, le ſecours eſt facile,
Remettés mon eſprit, dans un état plus doux
Je cherche le repos, & je l'attens de vous
Où ſi je ne puis pas obtenir cette grace,
Dites-moy pour le moins, ce qu'il faut que je faſſe
Dois-je encor ſoûpirer! dois-je verſer des pleurs
Ne verray-je jamais, la fin de mes malheurs;
Faut-il à m'affliger, que mon deſtin s'obſtine!
Ne dois-je plus paſſer, qu'une vie chagrine,
Mon ame ne peut plus ſoûtenir ma langueur,
Il eſt tems que mon ſort, modere ſa rigueur,
Et que de mes ennemis, enfin il me délivre,
Je veux vivre content, ou je ne veux plus vivre.

E[illegible] ne fut pas long-tems ſans luy répondre, & ſans luy découvrir la ſource de ſon mal.

Il n'avoit pas encor ceſſé de luy parler,
Quand ſa charmante voix ſe fit oüir en l'air,
De cette aimable voix, la douceur nompareille
Penetra dans mon cœur, en frapant mon oreille.
Comme j'en fus ſurpris, il en fut interdit,
Et voici ce qu'elle luy dit.

Thirſis tu connois bien dans l'ennui qui t'accable
Que ton cœur eſt coupable.
Si de mille chagrins tu te ſens agité,
Tu l'as bien merité.

N'accuses point le sort, de sa rigueur extrême,
N'accuses que toy-même.
Si tu m'avois aimée, un peu plus constamment,
Tu serois sans tourment.
Si tu veux éviter, cette noirceur cruelle,
Deviens-moy plus fidelle.
Et pour t'instruire enfin, de tout en peu de mots,
Aime-moy, suis mes loix, tu vivras en repos.

Je ne sçaurois vous exprimer l'étonnement qui saisit ce pauvre Inconnu aprés ce discours, il fut quelque tems sans pouvoir dire un mot, à la fin jettant un grand soûpir, il répondit en ces termes.

Helas? que ce discours n'est que trop veritable.
Je serois plus content, si j'étois moins coupable;
En m'éloignant de vous pour suivre mes desirs
Que je pouvois bien dire? Adieu tous mes plaisirs?
Oüy? satisfactions trompeuses & legeres,
Flatteux amusemens? Vanités passageres?
C'est inutilement qu'aprés vous j'ay couru,
Quand je vous poursuivois vous avés disparu
Et je sens aujourd'hui, par un sort déplorable
Par une douceur vaine, un tourment veritable.
Plaisirs? qui ne laissés, qu'un souvenir confus
Helas? Repondés-moy? qu'étes-vous devenus:
Agréables douceurs! mais trop tôt effacées,
Dites-moy pourquoy c'est, que vous êtes passées.
Il ne me reste rien, de vos foibles attraits,

Que de confuſions, & de fâcheux regrets;
Si vous fûtes jadis, capable de me plaire
Vous êtes aujourd'hui l'objet de ma colere
Et ſi juſques ici par un fatal abus,
Je vous ai recherchés, je ne vous cherche plus
Vous avés, il eſt vrai, je ne ſçai quoi d'aimable,
Mais auſſi vous avés, une ſuite effroyable
Et d'abord qu'un eſprit ſe rend à vos apas
Il ſent mille chagrins qui ne le quittent pas.
Pour vous chere Princeſſe! il n'en eſt pas de même
On n'eſt jamais heureux ſinon quand on vous aime,
Et de quelque malheur, dont on ſoit combattu
On trouve du repos, dans la ſeule Vertu.
Que l'Univers periſſe, & que tout ſe confonde
Que le Ciel ſe prepare, à détruire le monde
Dans ce terrible état, où tout feroit horreur
Le front de la Vertu paroîtroit ſans frayeur
De la terre & du Ciel, elle eſt trop dans l'eſtime
Pour craindre les tourmens, dont on punit le crime
Et dans ce jour fatal où chacun tremblera,
Où le plus Innocent, de peur ſe troublera
Lorſque les Elemens, par un confus mélange.
Jetteront l'Univers, dans un Cachos étrange,
Que du Ciel irrité, le funeſte courroux
A tous les criminels, fera ſentir ſes coups
Quand les feux penetrans, & les flâmes errantes
Repandront en tous lieux, leurs ardeurs devorantes
Enfin lorſque du Ciel les decrets ſolennels
Puniront nos forfaits par des feux éternels
Que tout ſe troublera ſur la terre & ſur l'onde,
Qu'on entendra gemir, tous les peuples du monde,
Au dernier jugement, quand les ames des morts
Iront dans les tombeaux, ſe réjoindre à leurs corps

Lors,

Lors, dis je, la Vertu loin de craindre son juge,
A l'ombre de ses bras cherchera son refuge :
Elle se moquera de ces foibles esprits,
Qui pour elle aujourd'hui témoignent du mépris.
Le crime gemira pour lors dans le supplice :
La Vertu regnera sur le debris du vice :
Le monde admirera l'éclat de son bonheur,
Voyant qu'aprés l'opprobre, elle reçoit l'honneur.
Que l'on seroit heureux ! si l'on pouvoit comprendre
Ces grandes verités qu'on ne peut pas entendre ?
La foy nous les enseigne, on les croit, mais helas !
Si l'esprit y consent, le cœur n'y consent pas.
La volupté l'entraine, l'ame la plus forte
S'abandonne au torrent du plaisir qui l'emporte.
Lors nos raisonnemens deviennent superflus
La grace a beau parler, on ne l'écoute plus
Et dans ce triste état, si digne de nos larmes
On deteste le crime, & on aime ses charmes.
Pour moy plûtôt du Ciel, je sente le courroux
Que de penser jamais, à m'éloigner de vous.
Oüy charmante Vertu ! c'est vous que je veux suivre,
En cessant d'être à vous, je veux cesser de vivre.
Croyés donc aujourd'hui le serment que je fais
De garder vôtre loy, sans y manquer jamais.

Aprés ces paroles il garda un profond silence, & quelques larmes qui coulerent de ses yeux, m'apprirent qu'il prenoit une ferme reſolution de reparer par ſa fidelité ſes fragilités paſſées. Je formois auſſi le même deſſein & j'avois envie de luy en faire des declarations lorſque ma conductrice m'en empêcha, diſant que mes intentions étoient aſſés connuës à la Vertu, que mes paroles ne luy apprendroient que ce qu'elle voyoit dans mon cœur; mais que je devois demeurer ferme dans la reſolution que je prenois de luy être fidelle le reſte de ma vie. Je luy en donnay encore de nouvelles aſſurances; & en verité il m'auroit été mal-aiſé de ne le pas faire; car j'étois rempli d'une douceur interieure ſi grande, & ma volonté étoit tellement changée, que je me ſerois eſtimé heureux de demeurer éternellement dans le lieu où j'étois.

Ma joye redoubloit encore par

la douceur d'une harmonie que j'entendois dans un apartement qui joignoit celuy où nous étions ; je priay la Grace de m'y mener, & de me dire d'où venoit cette musique. Elle se fait dans le temple de la Gloire, me dit-elle ce sera là où tu posséderas les dernieres felicités, si tu passes tes jours auprés de la Vertu, on ne va à la Gloire que par elle ; c'est pourquoy on passe necessairement dans le Palais de la Vertu pour entrer dans celuy de la Gloire. Mais, ajoûta-elle, il y a une fâcheuse demarche à faire avant que d'y entrer, tu le connoîtras si tu veux aprocher de la porte. En disant cela, elle me fit avancer quelques pas, & je vis à l'entrée une figure horrible qui me fit une peur épouvantable. Cette figure étoit toute decharnée, il ne luy reſtoit que les os, elle tenoit un horloge de ſable à la main, & me tendoit les bras pour m'inviter d'aller à elle : en un mot c'étoit la mort.

Je vis ce monſtre ſur la porte,
Qui me fit une horrible peur :
Sa mine ſur mon front fit naître la pâleur ;
Et jetta dans mon cœur une terreur ſi forte,
Que luy tournant le dos, je me mis à courir,
Tant j'apprehendois de mourir.

La Grace m'arrêta en ſoûriant, & me reprochant ma lâcheté, quoy, dit-elle, ne ſçavés-vous pas encore qu'il faut mourir pour être heureux, que Dieu a prononcé cet arrêt fatal à tous les hommes, & qu'il faut mourir une fois pour vivre toûjours. Ton corps deviendra comme cette figure qui s'eſt montrée à tes yeux ; mais conſole-toi, quand il ſera reduit en cendre, la même puiſſance qui t'a donné l'être, compoſera de ta pouſſiere un corps plus beau & plus parfait que le premier ; mais ce ne sera qu'aprés que tu auras souffert la corruption de la mort, & la pourriture du sepulchre. Si tu ne sçais pas cette verité, où est le profit de tant d'instructions que tu as reçûes, & si tu le sçais, comme je n'en doute pas, où est la soûmission que tu dois aux ordres d'une puissance souveraine qui a ainsi ordonné du destin des Creatures ; & dont les decrets, ne peuvent jamais être injustes.

Helas ! luy dis-je, d'une voix effrayée, je suis assés persuadé de ce que vous dites, je sçay que je ne suis né que pour mourir, je sçay même que la mort est avantageuse, puis qu'elle nous garantit des miseres qui sont inseparables de cette vie ; & que la chose du monde la plus douce, c'est d'être mort, comme la plus horrible c'eſt de mourir; mais toutes ces connoiſſances n'éfacent pas ma crainte; Comme creature on craint ſa deſtruction, comme Chrêtien on aprehende les jugemens de Dieu, & tout cela fait qu'on n'enviſage point la mort ſans frayeur. Mais il eſt vray auſſi que le veritable moyen de la moins apréhender, c'eſt de s'y preparer, on ne ſçauroit mieux employer les momens de cette vie, qu'en ſongeant qu'on la doit perdre; il faut nous regarder ſur la Terre comme des voyageurs qui ne ſont jamais fermes, nous n'avons point d'autre heritage que le Ciel; mais pour y entrer il faut mourir, puis que nos Parens ont introduit la mort dans le monde. Ce n'eſt pas que cette conduite ne paroiſſe rigoureuſe, & s'il étoit permis de ſe plaindre, on trouveroit quelque aparence de cruauté dans le châtiment que nous endurons pour la faute du premier homme ; mais il suffit que Dieu ordonne les choses pour les rendre justes : Il nous a condamnés à la mort , il n'en faut point murmurer , il ne sçauroit nous témoigner plus d'amour , qu'en nous promettant une vie plus heureuse que celle qu'il nous ôte. Tout homme doit mourir une fois , voilà nôtre destin.

C'est le Ciel qui l'ordonne , on n'y peut resister :
Quand la mort se presente , il la faut accepter.
Adam devint rebelle , & Dieu dans sa colere
Châtie les enfans , pour le crime du Pere ;
Et pour sentir l'effet d'un arrêt solemnel ,
Il nous suffit d'avoir un Pere criminel.
Lorsque nôtre raison penetre les matieres ,
Et qu'elle prend conseil, de ses propres lumieres ,
Elle a peine à se taire , & murmure en secret
De voir tous les humains , soûmis à ce decret :
Mais revenant d'abord, de l'erreur qui l'emporte
Elle s'assujettit sous une loy plus forte ;
Et sans plus écouter ses premiers sentimens ,
Elle trouve Dieu juste , en tous ses jugemens.

La Grace étoit ravie de m'entendre parler si raisonnablement de la mort ; vous avés de beaux sentimens, me dit-elle, ne les laissés jamais éteindre, ces lumieres ne vous rendront pas plus heureux si vous ne les suivés : il faut mourir vous en êtes convaincu ; mais vous ne sçavés pas quand vous mourrés, vous ne connoissés point le nombre de vos années, Dieu a marqué vôtre heure derniere ; & lorsque cette heure viendra, il faudra quitter la terre. Cependant il vous donne du tems pour meriter, employés-le selon les desseins de la Providence, vôtre occupation est sainte, & c'est par cet employ que vous devés établir vôtre Predestination ; car la sainteté ne consiste pas à faire ce que nous voulons ; mais à faire ce que Dieu veut. Retournés donc où il vous apelle ſans vous arrêter plus long-tems dans ce Palais. Si vous avés une veritable inclination pour la Vertu , elle ne vous quittera pas , quoy que vous ſortiés de ſon Isle , elle n'eſt pas tellement bornée dans ſon deſert, qu'elle ne ſuive par tout ceux qui l'aiment ; & moy qui travaille inceſſamment à luy attirer des cœurs , je vous promets de ne vous point abandonner , pourvû que vous n'ayés pas du mépris pour mes prevenances, & à la fin de vôtre vie je vous rendray ſi douce cette mort qui vous paroit maintenant ſi horrible , que vous la regarderés comme la ſource de vôtre bonheur , & la fin de vos miſeres.

Aprés ces paroles elle ſe retira , je la ſuivis ; & avant que ſortir de la ſale , je jettay les yeux ſur quelques tableaux , où l'on voit peint les Vertus de la même maniere qu'on les repreſente dans nos Egliſes.

La Foy y étoit peinte avec un bandeau ſur les yeux, & un flambeau à la main, avec ces paroles, *Cæleſti lumine ducta.* Elle ſe conduit par une lumiere celeſte.

L'Eſperance levoit les mains au Ciel, & témoignoit par cette poſture qu'elle en attendoit tout ſon bonheur. Les paroles diſoient, *Nil habet in terris, cælo ſua præmia quærit.* Elle ne veut rien de la terre, elle attend tout du Ciel.

La Charité tenoit en ſes mains un cœur embraſé avec ces mots, *Talibus increſcit flammis*, c'eſt par ces feux qu'elle ſubſiſte.

La Penitence y paroiſſoit revêtuë d'un cilice, ſon viſage étoit plein de larmes, les paroles diſoient: *Æterna parat ſibi gaudia luctu.*

C'est par les larmes qu'elle se prepare des joyes éternelles.

Je vis dans un autre tableau la Religion qui brûloit de l'encens devant un Autel avec ces mots : *Cumulat sacris altaria donis*, c'est-elle qui revere nos Temples & nos Autels.

La Pureté paroissoit toute revêtuë de blanc, avec une couronne de fleurs sur la tête, & je lû ces paroles, *Cœlo gratissima Virtus.* C'est ici la Vertu la plus agréable à Dieu.

Au milieu de tous ces Tableaux il y en avoit un plus grand que les autres, où paroissoit la Vertu tenant une Palme à la main, & une couronne dans l'autre, avec ces paroles : *Superat tandem omnia Virtus.* La Vertu surmonte enfin toutes choses.

Il y avoit encore beaucoup d'autres Tableaux que je n'eus pas le tems de considerer ; mais portant ma vûë sur le plat-fonds, je vis d'assés jolis emblêmes, & qui ont beaucoup de raport avec la Vertu.

Dans le premier étoit un Diamant dans un nuit obscure avec ces paroles: *In tenebris mittit radios;* c'est dans l'obscurité qu'il jette plus de lumiere.

Le 2. n'étoit qu'un chemin semé de croix, avec ces mots : *Hac itur ad astra.* C'est par ce chemin que l'on va au Ciel.

Le 3. étoit composé d'un champ semé de blé, la devise disoit : *Post semina messis* ; il faut semer pour recueillir.

Le 4. avoit pour corps un Ange qui d'une main presentoit une couronnne d'épine à une ame, & de l'autre luy montroit le Ciel, la devise divise étoit : *Manet altera cœlo.* L'autre vous attend dans le Ciel.

Le 5. avoit un Olivier chargé de fruits avec ces paroles. *Dulcescit amarum.* Ce qui est amer au commencement s'adoucit à la fin.

Le 6. avoit une Palme battuë des vents. Les paroles disoient ; *Jactari natus est, sed nescia vinci.* Elle est souvent agitée ; mais elle n'est jamais vaincuë.

Je ne me souviens pas des autres que je ne regarday que fort legerement, parce que la grace me pressoit de sortir. Je voulois voir auparavant les autres apartemens de ce Palais ; mais elle s'y oposa, disant que les Vertus qui y habitoient ne vouloient pas être vûës, parce qu'en se montrant elles perdoient une partie de leur merite. Suivés-moy seulement, me dit-elle, & je vous montreray ce qu'il eſt neceſſaire que vous voyés. Nous entrâmes dans une galerie garnie de Tableaux où étoient repreſentés ces inſignes Reprouvés, dont on parle depuis tant de ſiecles. C'eſt ici, dit-elle, la Galerie de ces illuſtres mal-heureux, dont vous avés tant oüy parler, leurs chûtes ſont effroyables; mais ils ne ſont tombés dans cet abîme que pour avoir mépriſé la Vertu. Pour moy je ne les plains pas dans leurs diſgraces, ils les auroient évité s'ils avoient voulu ſuivre mes conſeils, & profiter de mes lumieres.

Il eſt vray, luy dis-je; mais cela n'empêche pas que je ne ſois touché de leurs malheurs, & comme elle vit que je m'attendriſſois, elle m'emmena, & me fit paſſer dans une campagne la plus agréable du monde. On y voyoit des gens de toute condition qui se divertissoient, ce n'étoient que jeux & réjoüissances, & ma conductrice qui s'aperçût que je commençoit de me plaire en ce lieu-là, avançons, dit-elle; car je prévois que vous pourriés vous amuser ici comme beaucoup d'autres. C'est le lieu qui se prensente d'abord à ceux qui quittent la Vertu, & je ne m'étonne pas qu'ils en soient charmés, car il n'est pas desagréable; mais il change bien-tôt de face, aprés ces divertissemens on entendra des soûpirs, on verra couler des larmes.

Je fis ce qu'elle me disoit, je me retiray, & aprés avoir marché assés long-tems nous trouvâmes un bois de Ciprés si épais & si obscur que tout y faisoit horreur. C'est ici, me dit la grace, le Bois du Regret, c'est ici où l'on vient en sortant du lieu que nous venons de laisser, c'est ici où l'on deplore le tems que l'on y a perdu. En effet, je voyois là quantité de visages noirs, & degoûtans qui se presentoient à moy, je faisois ce que je pouvois pour ne les pas voir; mais il y en avoit tant qu'il étoit impossible de les éviter, j'apris que c'étoient les ennuis. Je commençois aussi de m'y ennuyer, & j'en voulois sortir lors qu'une voix qui chantoit m'obligea de m'arrêter; les paroles étoient fort tristes, & l'air n'étoit pas plus gay, il est si commun qu'il ne m'a pas été difficile de m'en souvenir, voici les paroles.

Echo solitaire
Ecoute mon discours
Je ne puis me taire
Donne-moy secours
Ha! ha! ha mes ennuis, durerés-vous toûjours.

Je ne puis me taire
Donnés-moy secours
Le sort m'est contraire
Je suis sans recours
Ha ! ha ! ha mes ennuis, durerés-vous toûjours.

Le sort m'est contraire
Je suis sans recours
Le Ciel & la terre
Sont devenus sourds
Ha ! ha ! ha mes ennuis, durerés-vous toûjours.

Le Ciel & la terre
Sont devenus sourds
Je plains ma misere
Les nuits & les jours
Ha ! ha ! ha mes ennuis, durerés-vous toûjours.

Pendant que cette voix chantoit j'avançois pour decouvrir qui c'étoit, & en étant fort proche je vis que c'étoit un jeune homme qui gemissoit de s'être attiré par sa fragilité de fâcheuses inquietudes. D'abord que la grace l'apperçût, helas, dit-elle, c'est le regret de luy-même qui se plaint de m'avoir quitté, & qui commence à connoître qu'il auroit évité ses ennuys s'il m'avoit été plus fidelle : ſes larmes m'attendriſſent, il faut que je le tire d'ici, je ne ſçaurois voir couler des pleurs ſans avoir envie de les eſſuyer. Diſant cela elle ſe fit voir au regret qui vint en même tems ſe jetter à ſes pieds, & d'une voix mêlée de ſanglots, helas, dit-il, que je me ſuis attiré de diſgrace en vous quittant ; & que cette ſeparation m'a coûté de peines.

J'ay répandu des pleurs, j'ay pouſſé des ſoupirs
J'ay vécû ſans douceur, ſans repos, & ſans joye
Mais je ne penſe plus à tous mes deplaiſirs
Puis qu'aujourd'hui le Ciel permet que je vous voye.

Diſant cela il ſe joignit à nous pour accompagner la Grace ; car il ne voulut plus la quitter. Il m'ennuyoit cruellement dans un lieu ſi triſte ; c'eſt pourquoy je ſupliay ma conductrice de retourner ſur ses pas sans avancer plus loin ; car je m'imaginay que ce qui nous restoit à voir n'étoit pas plus agreable que ce que je voyois. Vous avés raison, dit-elle, de ne continuer pas cette route, les lieux où j'avois dessein de vous mener n'ont rien que d'affreux, mais puisque vous les aprehendés, montons seulement sur cette éminence, je vous les montreray de là ; car ils sont proches d'ici, & vous vous garantirés par ce moyen de l'horreur que vous feroient les miserables objets que vous y verriés.

J'allay donc avec elle sur une petite montagne, & de là me montrant une assés grande Ville, ce premier lieu que vous voyés, dit-elle, s'apelle Indifference, c'est celuy où l'on va loger en sortant d'ici, les habitans y vivent sans crainte, sans amour, & sans pieté, ce ſont des gens lâches & endormis, & qui laiſſent corrompre toutes les bonnes inclinations de la nature. Cet autre lieu que vous voyés ſe nomme Inſenſibilité, il eſt proche d'Indifference, & on va bien-tôt d'un à l'autre. O le miſerable lieu que celuy-là, remarqués qu'il eſt bâti ſur un rocher, ceux qui l'habitent ont une dureté horrible. Vous n'y voyés point de temples, on n'y entend jamais de Predicateurs, parceque toutes les inſtructions y ſeroient inutiles. Ny mes ſœurs ny moy n'en aprochons jamais, parce que nous y ſerions mépriſées, & ſans un ordre exprés du Ciel nous n'allons point ſolliciter les perſonnes qui s'y ſont retirées. Nous leur avons longtems auparavant repreſenté les malheurs où ils ſe plongeoient; mais enfin quand ils ſe ſont laſſés de nous écouter, nous les avons laissé tomber dans le precipice.

Nous voudrions pourtant resister
Au mouvement qui les maîtrise
Mais pour leur laisser leur franchise
Nous les laissons precipiter.

En ce dernier lieu qui paroit un peu au delà s'apelle Reprobation, vous voyés au dessus un épais broüillard qui en dérobe presque la vûë, le Soleil n'y éclaire qu'avec regret, le tonnerre y gronde toûjours, le Ciel n'y verse que des maledictions, tout y est sterile, & les habitans y sont exposés au courroux du Ciel & de la terre. Benissés la Providence qui n'a pas permis que vous en ayés aproché, il y a bien des gens qui y arrivent en peu de tems, & je veux bien vous aprendre que cette mal-heureuse Ville est beaucoup plus grande qu'elle ne paroit d'ici, elle est extrémement peuplée, il y aborde tous les jours de nouveaux habitans de toutes les conditions, & de toutes les parties du monde. Pour ce lieu là, nous ne le regardons qu'avec horreur, jamais nous n'en aprochons, tout y est en desordre, on n'y observe aucune loy, chacun y suit sa propre inclination, il n'y a jamais eu que le vice qui ait eu le credit de s'y faire bâtir un temple. Cette Riviere qui passe au dessous, est le fleuve du desespoir, une infinité de gens y ont déja peri, & il s'en perd de nouveaux tous les jours.

Voilà tout ce que j'avois à vous faire voir pour vous instruire, je vous ay montré des precipices pour vous empêcher d'y tomber, souvenés-vous toute vôtre vie que vôtre bonheur consiste dans la possession de la Vertu, & n'oubliés jamais que vous ne serés predestiné ou reprouvé que par le bon ou le mauvais usage que vous serés de la grace.

Allés maintenant, continua-t'elle où la Providence vous apelle, il est tems que vous sortiés de cette Isle pour retourner à vos occupations, je vais vous conduire par un chemin beaucoup plus court que celuy par où vous êtes venu, je vous meneray jusques à Repos c'est un lieu qui m'appartient, je seray bien aise que vous y passiés, tout y est dans une parfaite tranquillité ; on n'y souffre pas les esprits fâcheux & incommodes, & on ne veut que des humeurs douces & paisibles. Nous y arrivâmes en peu de tems, & je fus ravi d'y voir le monde dans une si parfaite intelligence. Perſonne n'y envie la conſolation de ſon voiſin, le tems y eſt toûjours ſerain, l'orage n'y donne jamais, on n'y entend point parler de troubles, de diviſions, ni de broüilleries, la paix y eſt éternelle. Ainſi je m'y plaiſois extraordinairement, j'aurois été content d'y paſſer le reſte de mes jours ; mais il fallut ſe reſoudre d'en ſortir, & de prendre congé de la grace. Allés, me dit-elle, où vous ſçavés que Dieu vous demande, conformés-vous à ſes deſſeins ſi vous voulés vivre heureux, conſultés-en toute choſe vôtre conſcience, c'eſt la regle que vous devés ſuivre, elle ne vous trompera pas, ſi vous ne la trahiſſés point, aſſurés-vous que rien ne ſera jamais capable de troubler vôtre repos ? Il faut maintenant que je vous quitte, mais ce n'eſt qu'en aparence, je vous promets promet de ne vous pas abandonner dans vos besoins, je me feray sentir dans les occasions sans me rendre visible; mais n'abusés pas de mes prevenances, recevés mes faveurs avec la reconnoissance que vous devés,& si vous le faites, j'auray peut-être pour vous des complaisances que je n'ay pas pour beaucoup d'autres.

Aprés ces paroles, elle voulut se retirer; mais je l'arrêtay en me jettant à ses pieds, & la conjuray de se souvenir de la promesse qu'elle me faisoit de m'assister, parce que je ne pouvois rien sans elle. Je ne formeray jamais, luy dis-je, que de vaines resolutions, si vous ne me donnés les moyens de les executer, & s'il arrive quelquesfois que mon cœur ne se rende pas d'abord à vos attraits, ne vous rebutés pas pour mes premieres foibleſſes.

S'il arrivoit jamais, que mon ame rebelle
A vos impreſſions, ſe rendît infidelle
N'en ayés pas pour moy, d'abord plus de courroux
Recourés pour me vaincre à de plus fortes armes
Et loin de me quitter employés tous vos charmes
Pour m'attirer à vous.

Oüy, repartit-elle, je vous le promets encore, je ne vous quitteray point la premiere, je garderay ma promeſſe, ayés ſoin de vous acquitter de la vôtre. Diſant cela elle ſe retira. & me laiſſa par cette ſeparation dans le plus grand abattement où je me ſois trouvé de ma vie. Je demeuray ſeul avec l'Inconnu qui m'avoit toûjours accompagné, il étoit touché de mon deplaiſir, & pour m'encourager, il faut, dit-il, ſe reſoudre à partir, le Ciel ne veut pas que vous faſſiés icy un plus long ſejour, retournons à nôtre Vaisseau , je vais vous conduire jusque-là , & vous dire Adieu pour toûjours ; car je pretends de passer le reste de ma vie dans cette Isle. Nous arrivâmes le même jour au lieu où nôtre Vaisseau nous attendoit , & il fallut enfin prendre congé l'un de l'autre. Vous pouvés croire, Oronte , que ce ne fut pas sans bien verser de larmes, je luy dis cent fois adieu avec une voix coupée de soûpirs, & l'embrassant avec une action toute pleine de tendresse.

Je vous laisse , luy dis-je , en cette solitude
Mais ce qui me console est de sçavoir qu'un jour
Nous n'aurons vous & moy , que le même séjour
Et la même beatitude
Cependant je n'auray point de plaisir plus doux
Que de songer à vous.

L'ayant encore embrassé pour la derniere fois j'allay trouver mes compagnons qui n'avoient pas voulu me suivre dans l'Isle, j'en trouvay une partie tellement engagée dans les plaisirs qu'il me fut impossible de les retirer, tout ce que je leur dis, ne fit aucune impression dans leur esprit ; je vis bien qu'il falloit quelque chose de plus fort que mes paroles pour les toucher, & qu'il n'y avoit que la grace qui pût les rendre sensibles. Les autres étoient déja si degoûtés de ces amusemens qu'ils furent ravis de me voir, je leur racontay ce que j'avois vû, & ils étoient au desespoir de ne m'avoir pas suivi, ils me promirent qu'ils profiteroient au moins de mes avis, & qu'ils ne perdroient jamais les belles idées que je leur donnois de la Vertu. Nous montâmes dans nôtre Vaisseau, nous eûmes un tems si favorable que dans trois mois nous abordâmes en France, chacun alla où ses affaires l'apelloient, & moy je suis retourné dans mon desert, parce que je crois que c'est le lieu où Dieu me demande. C'est là ou je veux me laisser gouverner à cette Providence qui prend un soin si particulier de ma conduite. Toutes choses me seront indifferentes pourvû que j'accomplisse ses desseins.

Ainsi soit que le Ciel prolonge mes années
Où soit que je les voye en peu de tems bornées,
D'un visage content je recevray la mort
Je goûteray le calme aprés un long orage
Et la mort ne fera que m'ôter du naufrage
Pour me conduire au port.

Voilà, cher Oronte, le recit de mon voyage, je souhaiterois que nous l'eussions fait de compagnie vous en auriés ſans doute profité, cependant faites un peu de reflexion ſur le tableau que je vous en fais, vous en tirerés quelque avantage, aimés cette Vertu dont je vous preſente la peinture, c'eſt la ſeule marque que je deſire de vôtre affection, c'eſt la plus douce conſolation que je puiſſe recevoir de vôtre eſtime.

FIN.

LIVRES DE PIETE'

Imprimés, ou qui se trouvent chez le même Libraire.

PEdagogue Chrêtien, par le Pere Doutreman Jesuite, augmenté par Coulon, in 4.

——— Idem l'Abregé in 12.

Offices du Cœur de Jesus & de Marie, avec leurs Octaves, Messes, Antiennes, Hymnes, & Panegirique particulier, in 8.

Avis pour vivre selon Dieu, par le Pere Lingende Jesuite, in 16.

Bonne mort & les moyens de se la procurer pour être éternellement bien-heureux, par le Pere Recupito Jesuite, in 12.

Catechisme de la dévotion ou instruction familiere pour vivre d'une vie vrayment dévote dans le siecle, en quelque condition que l'on soit, in 12.

Colloques du Calvaire ou Meditations sur la Passion de Nôtre Seigneur Jesus-Christ, en forme d'entretien pour chaque jour du mois, augmentés d'une pratique pour bien faire ses actions, par Mr. Courbon, Prêtre Docteur en Théologie, nouvelle édition, in 12. 1736.

Conduite pour les principales actions de la vie chrétienne, par le Pere Saint Jure Jesuite, in 12. 1732.

Histoire & concorde des quatre Evangelistes, contenant selon l'ordre des temps, la vie & les instructions de Nôtre Seigneur Jesus-Christ, in 12. Nouvelle édition. 1732.

Instructions Chrétiennes sur le Mariage par,

Dialogue d'une Mere à sa fille, où l'on explique les Ceremonies de ce Sacrement, les Mysteres qu'il renferme, & la sainteté avec laquelle les Chrêtiens y doivent entrer & y vivre, in 12.

Le Maître Jesus-Christ enseignant les hommes, où sont raportées les paroles qu'il a proferées de sa divine bouche pour leurs instructions, par le Pere Saint Jure in 12.

Les Principaux dévoirs du Chrêtien en forme de Catechisme, par Mr. l'Evêque de Leictoure, in 12.

Le Livre de vie qui aprend à bien vivre & à bien mourir, par le Pere Bonnefons Jesuite.

Meditations sur la Passion de Nôtre-Seigneur pour les gens du monde, par Mr. Toniet Prêtre, in 12.

Reflexions de Pieté sur le Saint Sacrement par le Pere Tourron, in 12.

Epîtres & Evangiles par le Pere Amelote, in 12.

Meditations sur les principales & plus importantes verités de l'Evangile de Jesus-Christ, par Mr. Abelly, Evêque de Rhodez, in 12. deux vol.

Importance du Salut par le Pere Rapin Jesuite.

L'usage du Sacrement de Penitence & d'Eucharistie par Mr. de Sens, in 12.

Testament Spirituel du Pere Lalemant, in 12.

Evenemens extraordinaires touchant la Confession mal faite, composez en Espagnol par le Pere Christophle de Vega Jesuite, & nouvellement mis en François in 12. 1732.

Entretiens d'Arquée & de Neotere, sur divers sujets qui regardent la Religion, par Mr. de Merez Prévôt de l'Eglise Cathedrale d'Alais, in 12. deux vol.

www.ingramcontent.com/pod-product-compliance
Lightning Source LLC
Chambersburg PA
CBHW060817250626
47162CB00005B/1827

* 9 7 8 2 0 1 9 5 7 5 1 7 5 *